KB195777

장성욱 장편소설

기억의 묫

/ 차례 /

1부

1

비어 있는 한 자리를 보며 영빈은 운이 좋다고 생각했다. 월세로 살고 있는 다세대 빌라의 주차장은 여덟 시가 넘어 가면 빈자리가 없어 퇴근이 늦은 날에는 길가에 평행주차 를 해야만 했다. 분명 각 세대에 한 대의 주차 공간이 제공 됨에도 그렇게 되는 이유를 이해할 수 없었다. 차를 세운 영빈은 시동을 끄고 잠시 멍하니 앉아 있었다. 바닥에 초 록색 도료가 깔린 주차장 안은 기분이 나쁠 정도로 조용했 다. 이곳에서의 생활도 올해가 마지막이었다. 막 차 문을 열고 나가려는데 휴대폰이 울렸다. 영빈은 운전석 문을 연 채 주머니에서 휴대폰을 꺼내 발신자를 확인했다. 액정 화 면에 다희의 이름이 찍혀 있었다. 안 그래도 집에 도착했다고 메시지를 보내려던 참이었다.

"여보."

본격적인 결혼 준비에 들어가며 그녀는 영빈을 여보라고 부르기 시작했다. 처음에는 장난처럼 불렀지만 어느새 익숙해진 호칭이었다. 어라? 이전에는 뭐라고 불렀더라. 영빈은 눈살을 찌푸리며 기억을 더듬어 보았지만 좀처럼 떠오르지 않았다.

"듣고 있어?"

상기된 목소리가 돌아왔다. 그 순간 차가운 바람이 귀밑을 스치며 가벼운 소름이 돋았다. 듣기 싫은 말이 나오겠다는 예감에 아랫입술을 살짝 깨물었다.

"응, 미안. 차에서 내리느라고. 무슨 일이야?"

영빈은 차 문을 닫으며 대꾸했다. 바로 집으로 올라갈까 하다가 빌라 복도에서 통화를 하면 이웃에 피해를 줄 수도 있다는 생각에 주차장에서 마치기로 마음먹었다. 내가 싫으면 남들도 싫은 법이다.

"생각해 봤는데, 우리 그 축의금 말이야. 다시 생각해 보는 게 좋지 않을까."

역시나 듣기 싫은 소리가 튀어나왔다. 결혼식 때 축의금을 받지 말자는 건 영빈의 제안이었다. 두 사람에게는 행복한 결혼식이었지만 주변에는 여전히 취직을 하지 못한 친구들도 있고, 누군가에게는 부담이 될 수도 있었다. 그 부담을 덜어준다면 더 많은 사람들로부터 순수하게 축복을 받을 수 있지 않을까 하는 생각에서 나온 의견이었다. 우리 여보는 어쩜 그런 생각을 다 할까. 처음 제안을 했을 때만 하더라도 다희는 흔쾌히 찬성했다. 반대 의견은 그녀의 집안에서 나온 것이 분명했다. 어느 정도 예상한 일이었지만, 맥이 풀렸다. 저도 모르게 고개를 숙인 영빈의 시야에 자신의 왼발이 바닥에 그려진 하얀색 주차선을 밟고 있는 모습이 들어왔다. 반사적으로 한 발짝 뒤로 물러섰다. 한편으로는 그 정도의 일도 자신의 선에서 막지 못한 그녀에게 조금 화가 났다.

"무슨 생각?"

"화내지 말고 내 말 좀 들어봐. 나도 좋은 생각이란 건 분명히 알겠어. 하지만 있잖아, 우리도 결국 누군가의 결혼식에 가잖아. 그럼 분명히 돈을 낼 거 아냐. 그럼 그때마다 그러지 말걸 하는 생각이 들 거 같단 말이야."

억지스러운 논리였다. 적어도 영빈의 생각에는 그랬다.

"그런 생각이 드는 사람이면 그 결혼식에는 가지 않으면 되는 거야."

잠자코 다희의 대답을 기다렸다. 잠시 후 수화기 너머로 한숨 소리가 들려왔다. 귓가가 축축해질 정도로 긴 한숨이었다.

"내가 오빠를 착해서 좋아하는 거 알지?"

입에 발린 칭찬 뒤에는 항상 듣기 싫은 소리가 따라오기 마련이었다. 영빈은 다희에게 들리지 않도록 조용히 숨을 들이마셨다.

"그래."

"그런데 가끔은 혼자 착하려고, 주변 사람들을 다 나쁜 사람으로 만드는 거 알아?"

명백하게 다희의 것이 아닌 언변이었다. 살집이 약간 붙은 장인의 번들거리는 얼굴이 저절로 떠올랐다. 중학교를 중퇴하고 돈을 벌기 위해 해보지 않은 일이 없다는 장인은 그동안 자신이 냈던 축의금 액수를 가지고 계산기를 두드리고도 남을 위인이었다. 그에게 있어서 세상의 모든 일은 장사의 일환이었다.

"우리가 장사하는 거 아니잖아. 다희야, 나는."

장사가 아니라는 말은 장인을 향한 말이었다.

"아냐, 됐어. 야근하고 왔는데 피곤하겠다. 일단 끊어. 나 화난 거 아니야. 여보 알지?"

"알지, 우리 다희."

화가 났음이 분명한 말투였지만 영빈은 일부러 모른 척 대답했다. 괜히 이야기가 길어지면 더 큰 싸움으로 번질 수 있었다. 어쨌거나 두 사람의 결혼식에 계산기를 들이밀지 말라는 의사만 장인에게 전달된다면 일단 만족이었다. 상식적으로 그게 맞는 일이었다.

"그래, 사랑해."

"나도. 잘 자. 내일 일어나면 연락하고."

저쪽에서 전화가 먼저 끊겼다. 휴대폰 바탕화면에는 방금까지 통화를 했던 다희의 모습이 있었다. 눈동자가 보이지 않을 정도로 환한 특유의 눈웃음은 그녀의 매력이었다. 평생을 함께할 사람. 후회하지 않을 자신 있어? 영빈은 애초에 후회 같은 걸 하지 않는 사람이었다. 스스로 선택한 일의 결과를 두고 하는 후회만큼 멍청한 짓은 없었다. 일이 터졌다고 후회를 할 시간에 수습을 할 방법을 생각하는 편이 몇 배는 현명한 일이었다. 그럼에도 출처를 알 수 없는 허무함이 밑바닥에서부터 스멀스멀 올라왔다. 인생을 기록한 책이 있다면 챕터와 챕터 사이를 구분하기 위해 끼워진 빈 종이 위에 서 있는 기분이었다. 이 지점을 넘어가면 이제까지는 전혀 알지 못했던 새로운 삶이 기다리고 있다. 혹은 지금 여기에서 전혀 다른 선택을 할 수도 있다. 거기까지 생각이 미치자 어린 시절 끊었던 담배 생각이 간절했다. 영빈은 혀를 내밀어 입술에 침을 묻히고는 고개를 가로저었다.

쪽지는 현관문에 붙어 있었다. 멀리서 봤을 때는 흔한 전단지라고 생각했는데 가까이 가보니 사무실에서 흔히 쓰이는 손바닥만 한 사이즈의 노란색 포스트잇이었다. 거기에는 붉은색으로 네 글자가 적혀 있었다.

죽 어 버 려

붉은색도 붉은색이었지만 삐뚤빼뚤 쓰인 조악한 글씨체 때문에 더 섬뜩한 느낌이 들었다. 영빈은 닫힌 현관문 앞에 멈춰 서서 한동안 쪽지를 바라보았다. 글씨체는 남자 같은데, 붙여진 높이가 조금 낮았다. 키가 작은 남자일까?

두려움은 금방 가시고 피곤함이 몰려왔다. 바빠서 죽을 시간조차 없는 시기였다. 주중에는 계속 야근이 이어졌으며, 그나마 쉴 수 있는 주말에는 결혼 준비를 하느라 정신이 없었다. 영빈은 무심하게 포스트잇을 떼어내 주머니에 구겨 넣었다. 그리고 곧 잊어버렸다.

후에 영빈은 이 장면에 대해 두고두고 생각하게 되지만, 분명한 건 그때 알았다고 해도 그 무엇도 바꿀 수 없었다는 사실이었다. 바꾸기 위해서는 더 긴 시간을 거슬러 올라가야만 했고, 그런 일은 가능하지 않았다.

2

매일 저녁에 보는 리본의 인터넷 방송은 김태준의 인생에서 유일한 활력소였다. 그도 그럴 것이 태준은 전역을 한 후에 일 년이 넘도록 복학 신청을 하지 않고 자취방에서 시간을 죽이는 중이었다. 달리 이유가 있지는 않았다. 그냥 열심히 살고 싶지 않을 뿐이었다. 아니, 보다 정확하게 말하면 열심히 살 이유가 없기 때문이었다.

아무리 계산을 해봐도 견적이 나오지 않았다. 복학을 한다. 졸업을 한다. 가뜩이나 위축된 취업시장에서 마른 낙엽처럼 구르다가, 운이 좋다면 취직을 한다. 그래서 그 후에는? 가장 일반적이며 동시에 긍정적인 경우의 수를 생각하면 취직을 해서 돈을 번다. 평균보다 키가 작고, 외모까지 볼품없는 태준에게는 어려운 일이겠지만 그래도 가정을 해본다면, 결혼을 한다. 아이를 낳는다. 주변 사람들을 지켜본 결과 아이를 혼자 키운다는 건 거의 불가능에 가까운 일이다. 육아에는 아이의 조부모들을 포함한 모든 가족구성원들의 헌신과 관심, 그리고 무엇보다도 경제적 협력이 필요했다. 둘? 둘은 무리다. 아이는 하나. 그 아이를 키우기 위해 돈을 번다. 버는 족족 대출이자와 아이의 교육비 그리고 병원비 등으로 빠져나간다. 아이가 결혼을 한다. 아이의 대학교 등록금 혹은 결혼자금을 마련하기 위해 전세로 살던 집의 평수를 줄인다. 오십 대가 되면 반쯤은 강제에 의한 희망퇴직을 하거나, 무지하게 운이 좋다면 정년을 채운다. 의료 기술의 눈부신 발전 덕분에 눈앞에는 아직도 사십 년에 가까운 시간이 남아 있고, 몸은 여기저기 삐걱대면서도 어설프게 건강하다. 결국 두 번째 직업을 갖는다. 아파트의 경비나 지하철 택배 기사 혹은 주민센터에서 선심 쓰듯 던져주는 노인들을 위한 공공 일자리. 그도 아니라면 아이들의 아이들 그러니까 손자나 손녀를 돌본다. 그마저도 기력이 쇠하고, 이제는 정말로 움직이기조차 힘든 시기가 찾아오지만 끔찍하게도 아직도 얼마의 시간이 남아 있는지 가늠할 수 없다. 운이 좋다면 자식과 함께 요

양병원에 대해 의논할 수 있다. 하지만 경제적 여건이 닿지 않는다면 일체의 연명의료를 거부한다는 서류를 작성하기 위해 건강관리공단을 찾아간다. 그 이후는? 알 수 없다.

이 정도면 죽기 전에 스스로를 돌아보며 그래도 평범한 인생이었노라고 생각할 정도는 될 것이다. 그러나 하나하나 따져보면 이마저도 그야말로 피나는 노력과 천운이 따라야만 도달할 수 있는 경지임을 알 수 있다. 흔히들 얘기하는 평범한 삶이란 사실은 이상적인 삶에 가깝다. 그보다 더 나은 삶을 영유하기 위해서는 재능이 있어야 했다. 타고난 예술적 혹은 신체적 재능이나 수려한 외모, 그도 아니라면 천재적인 두뇌. 이러한 재능들은 대부분 유전자의 차원에서, 다시 말해 태어남과 동시에 결정이 된다는 건 이미 수많은 연구를 통해 입증되었다. 노력을 하라고? 재능을 가진 사람도 당연히 노력을 한다. 삼루에서 태어났다고 해서 열심히 달리지 않는 게 아니다. 애초에 스타트 지점이 다른 두 사람이 같은 노력을 기울인다면 결과는 빤하지 않나.

물론 이보다 더 좋은 삶을 누릴 수 있는 아주 쉬운 방법이 있다. 돈 많은 부모를 만나면 모든 문제가 간단하게 해결될 수 있다. 누군가의 말처럼 돈도 재능이었고, 좋은 부모 아래서 태어나는 것도 능력이다. 냉정하게 생각해 보면 태준 자신은 그 무엇도 가지고 있지 않았다. 그렇다고 부모를 원망할 정도로 철이 없지는 않았다. 그저 평범하게 아니, 흔하게 태어났을 뿐이다. 부모와 두 형제가 지금까지 무탈하게 살아온 것만으로도 커다란 행운이었다. 그 정도는 주변을 조금만 둘러봐도 알 수 있었다. 절망적으로 허덕일 미래가 뻔히 보이는데, 굳이 열심히 살 필요가 있을까. 차라리 현재를 즐기고 남은 삶을 시간에, 혹은 운에 맡기는 쪽이 현명한 처사가 아닐까. 정 안되면 뒈지면 되니까. 어느 순간부터 태준의 머릿속에 자리 잡은 오래된 생각이었다.

태준은 인터넷 커뮤니티인 'Be the Balls'의 오랜 회원이었다. 표면적으로는 이런저런 구기 스포츠를 좋아하는 사람들이 모이는 커뮤니티였지만 그 아래에는 스포츠, 연예, 정치, 사회, 문화 등은 물론이고 나아가서는 음식, 게임, 문학, 미스터리 또 그 하위에는 담배나 철도 등과 같이 상상할 수 있는 온갖 주제에 관한 게시판들이 꼬리에 꼬리를 물고 범주화되어 있었다. 매일 점심때쯤 눈을 뜨면 가장 먼저 하는 일은 침대에 누운 채 스마트폰으로 커뮤니티에 들어가는 것이었다. 태준은 주로 베스트 게시판을 일별하며 낮 시간을 보냈다. 베스트 게시판은 각각 범주화된 게시판에서 회원들에게 일정 수 이상 추천을 받은 게시물만 선별해서 올라오는 공간이었다. 간밤에 올라온 글들을 하나하나 확인하던 태준은 한 게시물의 썸네일 속 리본의 얼굴을 발견하고 의아함을 느꼈다. 캡처한 방송 영상에 자막을 붙인 요약물은 흔했지만, 추천을 받아 베스트 게시판까지 오는 경우는 드물기 때문이었다. 말초적이거나 자극적인 방송을 지양하는 리본에게는 더더군다나 드문 일이었다.

게시물의 제목은 '평범한 중딩이 세계 최고 프로게이머가 된 사연'이었다. 태준은 인터넷 방송 진행자로 전업한 프로게이머 리본의 오랜 팬이었다. 매일 저녁 아홉 시부터 새벽 서너 시까지 이어지는 실시간 개인 방송을 하루도 빠짐없이 챙겨 보는 편이었다. 간밤에 보았던 리본의 방송을 떠올려 보았지만 특별히 제목과 같은 내용이 언급된 기억은 없었다. 그저 평소처럼 게임을 하는 방송일 뿐이었다. 게시물 위로 마우스 커서를 옮겨 클릭했다. 첫 번째 사진을 보자마자 그것이 열흘 전쯤에 진행되었던 리본의 술 먹방 요약본임을 알 수 있었다. 당시 리본이 했던 발언들은 여러 커뮤니티를 돌며 꽤 화제가 되었지만, 사흘도 되지 않아 모두의 기억에서 잊혀졌다.

인터넷은 그런 곳이었다. 사람들의 관심은 매우 빠른 속도로 이곳에서 다른 곳으로 이동했고, 정보들은 머무르지 못하고 휘발되었다. 그것은 정보라기보다는 차라리 자극에 가까웠다. 페르시안 고양이가 테이블 위에 있던 컵을 발로 쳐서 떨어뜨리고 뻔뻔한 표정을 짓는 영상, 사이비 종교에 빠진 아내와 일가족을 살해하고 자살한 남편이 죽기 전 어느 커뮤니티에 썼다는 게시물, 어느 유명 정치인이 대학교 강연에서 한 청년 세대 관련 실언까지 모두 같은 무게로 취급되었다. 태준은 기계적으로 게시물을 클릭하고 그때그때 자극에 맞춰 공감을 하거나 웃었으며, 때로는 분노했다. 그리고 다음 게시물을 클릭하는 순간 이전의 내용들은 잊혀졌다. 분명 실제 세계에서 벌어지는 일을 언급하고 있음에도, 방 안의 태준에게는 그 모든 일들이 가상의 현실처럼 느껴질 뿐이었다. 한편으로는 어떠한 자극에도 평상심을 유지하며, 냉소할 수 있는 자신이 매우 똑똑한 사람처럼 느껴지곤 했다. 일부러 자극적으로 편집된 정보에 선동되는 인간들은 머리가 나쁘거나 촌스러운 부류들이었다. 그들은 커뮤니티 내에서도 진지충이라고 불리며 조롱을 당하기 일쑤였다.

게시물은 역시나 열흘 전 있었던 술 먹방을 요약한 내용이었다.

"아 뭐야, 존나 우려먹네."

예전에 화제가 되었던 자극적인 내용들을 재차 올려 관심을 받고, 추천 수를 올리고 싶어 하는 부류들이 있었다. 온갖 방식으로 사람들의 관심을 끌어보려는 그들을 관심종자라고 불렀다. 얼른 댓글이나 보자는 생각으로 빠르게 마우스 휠을 내리던 태준의 손이 멈췄다. 그럼 그렇지. 이미 알고 있는 요약본 뒤로 새로운 내용들이 추가되어 있었다. 방송에서 언급된 몇 가지 단서만을 가지고 해당 사건의 가해자를 찾는 내용이었다.

"더럽게 할 일 없나 보네."

분노를 행동으로 옮기는 사람들을 이해할 수 없었다. 그런다고 달라질 건 없다는 생각 때문이었다. 태준의 눈에 행동을 통해 세상이 바뀔 수 있다고 믿는 그들은 어리석은 낭만주의자였다.

임X빈.

실명의 한 글자를 가렸지만 주변인이라면 충분히 알 수 있을 만한 신상 정보가 줄줄이 나열되어 있었다. 졸업한 초등학교에서부터 지금 다니는 회사에 대한 정보까지. 방송에서 리본의 입을 통해 언급된 몇 가지 단서만을 가지고 개인의 신상을 이 정도까지 특정할 수 있다니, 네티즌 수사대의 힘은 무서웠다. 십오 년 전 일의 가해자인 남성은 연봉이 오천만 원 넘는 외국계 회사에서 일하고 있으며, 중학교 교사인 여성과 곧 결혼을 앞두고 있었다. 그러니까 쉽게 말해 평균 이상의 삶을 영위하는 중이었다. 이런 사실들만 보아도 신이 있다는 말이 얼마나 허황된지 알 수 있었다. 세상은 태생적으로 불공평하다. 정의라는 건 배트맨이나 아이언맨 같은 히어로 영화에서나 나오는 환상적 개념일 뿐이다. 아니, 그들마저도 태생부터 남달랐기 때문에 정의를 구현할 수 있었을 뿐이다. 그런 생각을 하면 가져보지도 못한 것을 빼앗긴 기분이 들었고, 화가 났다. 태준은 화를 가라앉히기 위해 잠시 마우스에서 손을 떼고 박수를 서너 번 쳤다.

게시물의 말미에서 태준은 뜻밖의 정보를 접하게 되었다. 가해자가 자신과 같은 지역에 거주하고 있으며, 어쩌면 자신이 아는 사람일 수도 있다는 사실이었다. 스크롤을 올려 남자의 사진을 다시 살펴보았다. 사원증을 스캔한 사진이었다. 이런 사진은 어떻게 유출이 되는 걸까? 사진 속 가해자의 모습은 눈 부분이 모자이크 처리되어 있었지만 말간 피부와 반듯한 콧날을 보니 옆집에 사는 남자가 분명했다. 복도나 집 앞에서 마주치면 반갑게 인사를 건네는 친절한 사람이었다. 보통은 '안녕하세요' 정도였지만 상황에 따라 '오늘 비가 온다니 우산 챙기세요', '좋은 아침이네요', '한동안 안 보이시던데 어디 다녀오셨나 봐요' 등, 센스 있게 인사말을 바꿀 줄도 아는 사람이었다.

쉽게 말해 그는 아웃사이더의 반대인 인싸였다. 멀끔한 차림에 얼굴까지 잘생긴 그가 인사를 건넬 때마다 태준은 부담스러웠다. 뭐지? 내가 집에만 있는 거 알고 일부러 저런 말을 하는 건가. 그때는 그런 생각이 자괴감 때문이라고 여겼지만, 과거를 알고 나니 쓰레기처럼 살고 있는 자신을 조롱하기 위해 한 짓일 수도 있겠다는 생각이 들었다. 태준은 자리에서 일어났다. 우선은 동일인이 맞는지 확인부터 해야 했다. 애꿎은 사람을 괴롭혔다간 똑같은 인간밖에 안 되니까. 자신의 내부에서 어떤 의욕이 샘솟고 있음이 느껴졌다. 자발적으로 무언가를 하고 싶다고 느낀 건 전역한 이후 처음이었다.

빌라 복도로 나가니 남자가 살고 있는 옆집 현관문 앞에 3호 크기의 택배 상자가 놓여 있는 것이 보였다. 태준은 상자에 손을 대지 않고 허리만 굽혀 수취인을 확인했다. 임*빈. 게시물에서 봤던 남자의 이름인 임X빈과 일치했다. 그는 십오 년 전 가해자가 분명했다. 그런 짓을 벌인 주제에 뻔뻔한 얼굴로 식사는 하셨느냐고 묻던 남자의 모습이 떠오르자 가벼운 현기증이 일었다.

다시 방으로 돌아온 태준은 남자의 여자 친구에 대해 생각했다. 주말이면 가끔 그의 집에 들르는, 가슴이 크고 얼굴이 귀여운 여자였다. 게시물에 쓰인 중학교 선생이라는 여자인 듯했다. 아주 가끔 계단에서 여자와 마주칠 때가 있었다. 그때마다 그녀는 노골적으로 눈살을 찌푸리며 벽쪽에 붙어 태준이 지나갈 때까지 기다리곤 했다. 시선을 피하기 위해 고개를 숙이면 자신이 입고 있는 무릎이 튀어나온 추리닝이 보였다. 그런 날 밤에는 일찍 불을 끄고 침대에 누웠다. 누운 채 침대 옆 벽에 귀를 갖다 대면 두 사람이 나누는 대화를 엿들을 수 있었다. 얇은 벽을 기준으로 반으로 접으면 데칼코마니처럼 포개지는 건물의 구조 때문이었다. 웅웅 울리는 탓에 말의 내용까지는 파악할 수 없었지만 그 편이 상상력을 자극해 더 좋았다. 오늘은 어땠어? 그냥 평소랑 똑같지 뭐. 뭐 좀 시킬까? 연인이 나누는 지극히 평범한 대화. 태준은 한 번도 경험해 보지 못한 순간들이었다. 가끔 두 사람이 몸을 섞는 소리를 듣게 되는 날도 있었다. 남자는 보기보다 격렬한 편이었고, 여자는 귀여운 외모와는 다르게 낮고 진득한 신음을 흘렸다. 침대에 누운 채 그 소리를 들으며 태준은 자신의 바지춤에 손을 넣었다. 자신만 보면 경멸하는 표정을 짓는 여자가 다른 누군가의 밑에서는 교태를 부리고 있다는 사실에 화가 났고, 아이러니하게도 그만큼 더 흥분이 되었다.

"학교 선생이라는 년이 그래도 되나? 더러운 년."

직업을 알고 나자 그런 식으로 교성을 흘리는 일이 대단히 부도덕한 일처럼 느껴졌다. 여자의 귀여운 눈웃음이 떠올랐다. 복도에서 마주친 태준이 아닌 팔짱을 끼고 있던 남자를 향해 짓던 미소였다. 약혼자가 그런 새끼인 걸 알면 그녀는 어떤 표정을 지을까. 어쩌면 이건 기회였다. 그런 양아치 새끼가 웃는 낯으로 좋은 회사를 다니고, 중학교 선생인 여자와 결혼까지 앞두고 있다는 사실이 못마땅했다.

곰곰이 생각해 보면 자신이 집구석에서 이러고 있는 이유는 저런 죽어 마땅한 놈들이 자리를 죄다 차지하고 있기 때문이었다. 그런 쓰레기들만 걸러져도 세상은 훨씬 더 살기 좋은 곳이 될 터였다. 이딴 사이코패스 새끼가 아무렇지도 않게 잘 살고 있다니 믿을 수 있음? 게시물의 마지막에 적힌 글이었다. 작성자의 말이 맞다. 그는 벌을 받아 마땅하다. 어쩌면 이것이 신이 세상에 관여하는 방식이 아닐까? 당신의 손을 더럽히지 않는 비겁한 방식. 전면에 나서는 건 무서웠다. 그보다는 가벼운 경고 정도가 적당해 보였다. 때마침 책상 구석에 있는 형광색 포스트잇이 눈에 들어왔다. 나는 네가 한 짓을 알고 있다. 태준은 자신이 신의 대리인이 된 듯한 기분을 느꼈다.

3

약속 장소는 대학교 근처, 교수들이 회식 자리로 선호하는 고급 횟집이었다. 결혼식에서 주례를 서주기로 한 교수와 함께 동기들 서넛이 모이는 자리였다. 영빈은 문을 열고 횟집 안으로 들어섰다. 주말이라 그런지 식당 홀은 한산했다. 홀에 선 채 텔레비전을 보던 종업원이 들어서는 영빈을 발견하고는 인사를 했다.

"임영빈으로 예약했는데요."

종업원에게 예약을 확인하며 영빈은 자신이 이제 어른이 되었음을 실감했다. 학교에 다닐 때만 해도 회덮밥같이 비교적 싼 가격의 점심 메뉴를 먹을 때나 오던 장소였다. 종업원의 안내를 받아 별실이 있는 내측 복도로 들어서자 친구들의 웃음소리가 들려왔다.

"빨리빨리 다녀 이 새끼야. 너 때문에 모였는데."

미닫이문을 열고 들어서자마자 재호로부터 핀잔이 날아
왔다.

"미안하다. 차가 좀 막혀서."

좌식 테이블 가운데 자리가 비어 있었다. 오늘의 주인공
인 영빈을 위한 자리였다. 대학교 친구들 사이에서 결혼을
하는 건 영빈이 처음이었다. 그래선지 정장을 차려입은 친
구들의 모습은 어딘가 어른 흉내를 내는 연극에 참여한 아
이들처럼 보였다. 자리에 앉아 친구들의 얼굴을 둘러보는
데 결혼식 사회를 봐주기로 한 기남의 모습이 보이지 않았
다. 비록 대학교에서 만났지만, 기남은 동반입대를 할 정
도로 영빈과는 막역한 사이였다.

"기남이는 아직 안 왔어?"

"그러게. 무슨 일이 있나."

상준이 퉁명하게 대꾸했다.

"오자마자 애인부터 챙기냐."

평소 농담하기를 좋아하는 재호가 한마디 거들었다. 약
속 시간인 여섯 시에서 십 분이나 지나 있었다. 기남은 약
속에 늦거나 하는 사람이 아니었다. 오히려 이쪽은 미련할

정도로 일찍 와서 시간을 버리는 타입에 가까웠다. 비효율적이었지만 영빈은 그의 그런 대책 없는 성실함을 좋아했다. 아직 도착하지 않은 교수를 위해 비워둔 건너편 자리를 바라보았다.

"내가 전화해 볼게. 뭐 좀 시켜, 먹고 싶은 걸로."

이왕이면 교수가 오기 전에 모두 모여 있는 편이 그림이 더 좋겠다는 생각에 영빈은 자리에서 일어나며 말했다.

"비싼 거 시킨다?"

"그래."

"이야 다 컸네, 다 컸어. 박수, 박수."

말을 꺼낸 재호가 과장된 몸짓으로 박수를 치자 친구들이 거기에 호응했다. 영빈은 피식 웃음을 터뜨렸다.

식당 앞 주차장으로 나온 영빈은 휴대폰에서 기남의 번호를 찾아 통화 버튼을 눌렀다. 조금 땀이 나는 듯해 재킷을 벗어두고 왔더니 아직 봄바람이 쌀쌀했다. 몇 번의 신호음이 간 이후에 기남이 전화를 받았다. 먼저 말을 하기를 기다렸지만 뜻밖에도 침묵이 이어졌다.

"배기남 씨, 왜 말이 없으십니까. 버스세요?"

"영빈이구나."

짐짓 장난스러운 어투로 물었지만 기대와는 다르게 가라앉은 목소리가 돌아왔다. 부옇게 성에가 낀 창처럼 흐릿한 반응이었다.

"왜 그래, 무슨 일 있어?"

창문을 닦아내는 심정으로 영빈이 물었다. 다시 긴 침묵이 이어졌다. 어색함 때문에 목 안쪽이 간질거렸다. 주변 소리가 들리지 않는 걸 봐서 실내인 듯했다. 혹시 화장실이라도 가서 엇갈렸나.

"나 아무래도 결혼식 사회 못 보겠다. 다른 사람 알아봐."

"뭐라고? 갑자기 무슨 소리야."

이미 결혼 이야기가 오고 갈 때부터 합의한 사항이었다. 따지고 보면 기남은 영빈과 다희를 이어준 사람이기도 했다.

"너는, 어떻게 그러고도 잘 사냐."

예기치 못한 말에 영빈은 어안이 벙벙해졌다. 머리를 한 대 얻어맞은 기분이었다.

"무슨 소리야. 장난⋯⋯."

미처 말을 마치기도 전에 저쪽에서 먼저 전화를 끊었다.

갑작스러운 충격에 얼굴이 화끈거리고, 귀 뒤쪽으로부터 이명이 들려왔다. 다시 전화를 걸어야 하나 생각하는데 마침 교수의 진회색 신형 그랜저가 주차장으로 들어오는 모습이 보였다. 일단 주머니에 휴대폰을 넣고 차를 향해 걸어갔다. 후진을 하다 눈이 마주친 교수가 차 안에서 손을 흔들었다. 영빈은 차의 헤드라이트를 향해 허리를 굽혀 인사했다.

"아이고, 임영빈! 이게 얼마 만이야."

차에서 내린 교수가 대뜸 손을 내밀며 악수를 청해왔다. 진심으로 반갑다는 듯 맞잡은 그의 손아귀에서 상당한 악력이 느껴졌다. 영빈은 악수한 손 위에 다른 손을 포개며 재차 허리를 숙여 인사했다. 그가 영빈의 어깨를 두드려 주었다. 오십 대 중반의 나이에 맞지 않는 푸른색 옥스퍼드 셔츠와 몸에 맞게 떨어지는 블랙진을 입은 캐주얼한 차림새였다. 학생들 사이에서 인기가 많은 교수였다.

"잘 지내셨죠."

"추운데 왜 나와 있어."

"선생님 기다렸죠. 얼른 들어가세요."

손을 들어 횟집의 입구를 가리켰다. 두 사람은 함께 걸음

을 옮겼다. 교수가 영빈의 어깨에 팔을 걸쳤다. 일단은 이
자리를 잘 마무리하는 게 중요했다.

"너 혹시 속도위반했니?"

"네? 차 두고 왔는데."

"아니, 여자 친구랑 말이야. 이름이 뭐라 했더라."

농담인지, 진담인지 모를 소리에 영빈은 얼른 반응하지
못하고 멀뚱하게 교수를 바라보았다. 입구의 자동문이 열
리며 교수의 동그란 안경알이 조명을 받아 반짝였다.

"그런데 무슨 결혼을 그렇게 이르게 해."

"저도 벌써 서른하나예요."

"나도 나이 서른에 했다만, 그 요즘 애들은 많이 즐기다
가 다들 삼십 대 중반 넘어 하잖아?"

"선생님이 그러셨잖아요. 남들 따라서 살 필요 없다고."

말은 그렇게 했지만 영빈은 또래라면 누구나 부러워할
삶을 살고 있었다. 서울 소재의 상위권 대학교를 졸업하
고, 졸업과 동시에 외국계 대기업에 입사하여 올해로 대리
이 년 차에 접어들었으며, 중학교 선생님으로 임용이 예정
된 여자 친구와 결혼을 앞두고 있었다. 요컨대 영빈은 남
들이 따라 하고 싶은 인생을 살고 있었다. 따라 하는 삶과

따라 하고 싶은 삶의 차이는 분명했다.

"그래, 네가 그렇다면 그렇겠지. 들어가자."

교수가 알았다는 듯 영빈의 어깨를 두어 번 두드렸다. 별실 문을 열고 들어서자 친구들이 모두 자리에서 일어나 교수를 향해 인사했다. 악수를 하고 서로의 안부를 묻는 왁자지껄한 순간이 한차례 지나갔다.

"그런데 기남이는 아직 도착을 안 했나."

자리에 앉아 옛 제자들의 얼굴을 일별한 교수가 물었다. 두 사람은 교수도 알고 있을 정도로 막역한 사이였다.

"맞다. 전화하러 간 거 아니었어?"

옆에 앉아 있던 재호가 물었다. 불쾌했던 통화가 떠올랐다. 어쩌면 다희 때문일 수도 있겠다는 생각이 들었다. 영빈은 최대한 티를 내지 않고 어깨를 으쓱해 보였다.

"마침 선생님이 오셔서."

"뭐야, 이제 구애인이다 이거야?"

그제까지 말이 없던 동규가 농담조로 물었다. 평소와는 다르게 동규는 오늘 거의 말을 하지 않았다. 마냥 좋을 거라는 예상과는 다르게 전체적으로 어딘가 어수선한 분위기가 이어졌다.

"무슨 일 생긴 거 아냐? 내가 전화해 볼까."

재호가 자리에서 일어나며 말했다. 너는 어떻게 그러고도 잘 사냐. 기남이 했던 말이 머릿속을 스쳐 지나갔다. 적의를 꾹꾹 눌러 담아 씹듯이 뱉어낸 말이었다.

"앉아 있어. 오겠지."

저도 모르게 볼멘소리가 나갔다. 순간 모두 입을 다물고 영빈을 바라보았다. 자리가 불편한 듯 교수가 헛기침을 했다.

"혹시 너희 싸웠어?"

다시 자리에 앉으며 재호가 물었다. 딴에는 분위기를 풀어보려고 하는 말인 듯했다.

"내 해보니 부부 싸움은 정말 칼로 물 베기더라, 명심해."

교수가 한마디 거들었다. 실없는 농담과 호기심 어린 걱정이 뒤섞여 들었다. 슬슬 짜증이 났다. 오늘 온전한 축복과 주목을 받아야 할 사람은 자신이었다. 영빈은 속에서부터 올라오는 열을 식히기 위해 물을 한 모금 마셨다. 그래도 결혼식 당일에 갑자기 나오지 않는 것보단 이렇게 미리 알려주는 편이 낫잖아. 여기 모인 친구들도 부탁하면 언제라도 사회 정도는 봐줄 거야. 그걸 계기로 더 친해질 수도 있고 말이야. 나쁜 일이 생기면 언제나 그랬던 것처럼 영빈은 최대한 좋은 방향으로 생각을 했다. 어쨌거나 이미 쏟아진 물이었다.

"무슨 일 있나 보지. 선생님 한잔 받으세요."

분위기를 다잡기 위해 소주병을 들어 뚜껑을 열며 말했다. 교수가 끄덕이며 빈 잔을 들었다. 다른 친구들 역시 잠자코 잔을 들었다. 영빈은 모두의 잔에 술을 따랐다. 마지막으로 병을 건네받은 교수가 영빈의 잔에 술을 따라 주었다.

"자, 한마디 해보게."

"아닙니다. 선생님께서 먼저 덕담해 주셔야죠."

잠시 영빈과 눈을 마주쳤던 교수가 천천히 고개를 돌려 앉아 있는 제자들을 둘러보았다.

"그래, 그럼 짧게. 우선 결혼 축하하네. 영빈 너는 사람이 유하고, 심성이 곧아서 아마 무리 없이 결혼 생활을 할수 있을 거야. 나를 교수님이 아닌 선생님이라고 불러줘서 고맙네. 다시 한번 축하하고, 자."

말을 꾸미는 데는 영 재주가 없는 사람이었다. 영빈은 교수의 그런 점을 좋아했다. 친구들이 저마다 축하한다고 한 마디씩 하며 잔을 들었다. 소주잔이 부딪치는 경쾌한 소리가 귓가에 맴돌자 그제야 일이 제대로 되어가고 있다는 안도감이 들었다.

교수가 개강철이라며 먼저 돌아가고, 오랜만에 만난 친구들끼리 대학 시절 이야기를 하느라 정신이 없었다. 기남이 빠져 있었지만 작년에 공무원 시험에 합격한 재호, 마찬가지로 공무원 시험을 준비하고 있는 상준, 대학원에서 박사 과정을 밟고 있는 동규까지 모두 영빈과는 대학 시절부터 친한 친구들이었다.

"근데 여자애들은 안 불렀어?"

재호가 물었다.

"이 새끼는 교수님 가자마자."

상준이 쏘아붙였다. 두 사람이 계속해서 농담을 얹으며 티격태격했다. 그런 모습을 보니 대학생 시절로 돌아간 기분이 들었다.

"그런데 영빈아."

식사를 하는 내내 말이 없던 동규가 입을 떼었다. 안 그래도 걱정을 하던 참이었다.

"너 무슨 일 있어?"

"김호진 교수 말이야. 요즘 학교에서 소문이 좀 있어."

외부로 통하는 문을 바라보며 동규가 말했다. 방금 교수
가 걸어 나간 문이었다.

"무슨 소리야, 갑자기."

"나야 지도교수가 다르니까 전해 듣기만 했는데, 대학원
생들한테 갑질 논란도 좀 있는 거 같고, 이번에 소논문 대
필까지 시켜서 조교가 빡 돌아서 그거 터뜨리려고 하는 거
같아."

모두 입을 다물고 동규를 바라보았다. 영빈이 알고 있는
김호진 교수라면 자존심 때문에라도 그럴 사람이 아니었
다.

"뭐 잘못 알고 있는 거 아냐?"

"그럼 다행이고. 일단 알고만 있으라고."

"다행은 무슨. 얼버무리지 말고. 확실한 거야?"

결국 짜증이 폭발했다. 갑작스레 목소리를 높이는 영빈
의 모습에 당황했는지 동규가 더 할 말이 없다는 듯 입을
다문 채로 머뭇거렸다. 그 모습을 보니 더 화가 났다.

"아, 아니. 나도 오늘 그쪽 쌤하고 얘기하다가 알았어. 알았으면 미리 말해줬지."

"야, 그 정도로 교수들 안 날아가. 대학이 얼마나 폐쇄적인데. 조교가 멍청이도 아니고, 그냥 열받아서 하는 소리지. 이과도 아니고 문과잖아. 대학원생이면 지도 어차피 교수 꿀통 좀 빨려는 건데 그런 식으로 터뜨리겠냐. 걱정하지 마."

눈치를 살피던 재호가 끼어들었다. 딴에는 분위기를 수습하기 위해 하는 말인 듯싶었다. 교수가 잘리고 말고는 중요치 않았다. 영빈의 입장에서는 구설수가 있는 사람이 결혼식에서 주례를 본다는 사실 자체가 불쾌한 일이었다. 더 큰 문제는 아무 흠결도 없어야 할 계획이 자꾸만 통제에서 벗어나고 있다는 사실이었다. 복잡해 보이는 문제일수록 단순하게 생각하고 움직여야 했다. 일단은 진위를 확실히 할 필요가 있었다.

"소스는 확실해?"

"아마, 거의. 그런데 터뜨려도 웬만하면 잘리지는 않을 거야. 재호 말대로."

동규가 고개를 끄덕이며 말했다. 왜 애들은 하나만 생각하고 둘은 생각 못할까. 차라리 교수가 학교에서 잘린다면 주례를 바꾸기가 더 편했다. 그러지 않고 논란이 된 상태에서 애매모호하게 교수직을 이어간다면 그야말로 빼도 박도 못하는 난처한 상황이 될 수 있었다. 머리가 지끈거렸다.

"그런데 사람 참 겉만 봐서는 모르네."

마치 남의 일이라는 듯 휴대폰을 보며 중얼거리는 상준의 목소리가 귀에 거슬렸다. 두 눈으로 확인된 건 없었고, 아직까지는 떠돌아다니는 말에 불과했다. 괜히 먼저 호들갑을 떨 필요는 없었다.

"영빈아, 이거 너 맞아?"

그때까지 대화에 참여하지 않던 상준이 물었다. 돌아보니 그의 시선은 여전히 휴대폰에 머물러 있었다. 의식적으로 영빈을 무시하는 태도였다.

"뭐가?"

"잠깐 단톡에 링크 보내줄게."

화면을 보기 위해 고개를 내미는데 상준이 손을 들어 영빈을 제지하며 말했다. 더러운 것이 가까이 오는 걸 꺼려하듯 이물감이 느껴지는 태도였다. 세 대의 휴대폰이 동시에 울렸다. 단톡방의 대화창에는 어느 인터넷 커뮤니티에 올라온 게시물이 링크되어 있었다. 게시물의 제목은 '평범한 중딩이 세계 최고 후로게이머가 된 사연'이었다. 후로게이머? 영빈은 장난식으로 쓰이는 인터넷 용어에 눈살을 찌푸렸다.

"이게 뭐야."

"읽어봐."

영빈은 손가락을 들어 링크를 터치했다.

4

　사촌과 함께 창업한 정직원 여덟 명으로 이루어진 스타
트업 게임 개발사의 메신저에는 업무 내용뿐 아니라 온갖
잡다한 글이 링크되어 올라오곤 했다. 직원들 대부분이 서
브 컬처에 관심이 많은, 소위 오타쿠로 이루어져 있기 때
문이었다. 기남의 눈에 그들은 자신의 취향이나 관심사를
알리지 못해 안달이 난 사람들처럼 보였다. 부사장이며 마
케팅 담당인 기남 역시 게임을 좋아하긴 했지만, 그들의
문화에는 그다지 관심이 없었다. 그렇다고 완전히 무시할
수는 없었기에 적당히 반응하는 정도로만 대응하고 있었
다. 업무용 메신저에는 아침부터 어김없이 이런저런 링크
가 올라왔다. 무심코 클릭하니 국내에서 가장 큰 종합 게
임 커뮤니티의 자유 게시판으로 이어지고 있었다.

게시물의 내용은 'Re:bORN500'이라는 닉네임으로 더 유명한 프로게이머 박선용에 대한 이야기였다. 박선용은 한국에서 아니, 아마도 세계에서 게임에 대해 조금이라도 관심이 있는 사람이라면 모를 수가 없는 2세대 프로게이머였다. 열여덟 살부터 십여 년간 활동하며 국내 리그는 말할 것도 없고, 삼 년 연속 세계 대회 제패를 포함해 총 여섯 번 우승컵을 들어 올렸다. 은퇴 후 이 년이 지나야 후보에 오를 수 있는 세계 e스포츠 명예의 전당에 은퇴와 동시에 헌액된 최초의 인물이었다. 아니, 사실상 박선용이라는 인물 때문에 명예의 전당이라는 제도가 생겼다고 해도 과언이 아니었다.

세간에는 그가 프로게이머가 되기 위해서 중학교를 중퇴했다고 알려졌었다. 하지만 이날 방송에서 박선용은 중학생 시절 당한 악의적인 괴롭힘 때문에 학교를 자퇴했음을 밝혔다. 구체적으로 밝히지는 않았지만, 팔목 안쪽에 난 담뱃불로 지진 흉터로 보아 괴롭힘의 정도가 심각했음을 충분히 짐작할 수 있었다. 요약본의 뒤를 이어 가해자를 추적하는 과정이 나왔다. 컴퓨터 앞에 앉은 채로 이 정도까지 개인의 신상을 파악할 수 있다는 사실이 놀라웠다.

더 놀라운 건 그 작업에 엄청난 기술은 필요하지 않다는 사실이었다. 섬세한 관찰력과 약간의 검색 능력만 있으면 누구나 쉽게 개인의 신상 정보에 접근할 수 있었다. 하지만 무엇보다도 기남을 놀라게 한 건 가해자가 자신이 알고 있는 인물이라는 사실이었다. 모니터에 뜬 사진을 본 순간 기남은 한기를 느끼며 몸을 떨었다. 다시 스크롤을 올려 밝혀진 신상을 대조해 보니 모자이크된 사진 속 인물은 임영빈이 분명했다.

대학교에 입학해 처음 영빈을 보았을 때부터 기남은 그가 마음에 들었다. 그저 서 있는 것만으로도 사람들이 모여 자연스럽게 중심이 되는 사람이었다. 어디를 가나 눈에 띄었고 모두가 그를 좋아했다. 그런 임영빈의 옆에 있어야만 무리에서 도태되지 않을 수 있음을 기남은 본능적으로 알 수 있었다.

모든 걸 지나치게 갖춘 그의 옆에 서면 무력감이 들 때도 있었지만, 그럴수록 더 친해지기 위해 노력했다. 시간표를 맞춰 수업을 함께 듣고, 군대도 함께 갔으며, 다희와 사귀기로 했다는 소식을 들었을 때도 사심 없이 축하해줄 수 있었다. 다행히 임영빈은 부족함 없이 자란 사람 특유의 여유로움으로 기남을 허물없이 대해줬고, 두 사람은 모두가 알듯 절친한 친구가 되었다. 우연한 기회에 임영빈이 유명한 중견 연기자의 아들이라는 사실을 알게 된 적이 있었다. 영빈은 소문이 퍼지는 걸 부담스러워했지만 기남은 마치 자신의 자랑처럼 이러한 정보들을 공공연히 퍼뜨리고 다녔다. 임영빈과 절친이라는 사실은 기남에게 있어서 커다란 자랑거리였다.

중학교 시절 기남은 박선용과 마찬가지로 왕따였다. 아무리 기억을 더듬어도 어떻게 그렇게 되었는지 알 수 없었다. 처음에 그들은 친구처럼 다가왔다. 수학 숙제를 보여 달라고 해서 보여주었고, 핸드폰을 빌려달라고 하면 빌려줬다. 그다음에는 나중에 갚겠다며 미술 시간에 필요한 준비물을 사다 달라고 말하고, 얼마 되지 않는 액수의 돈을 빌려 가기도 했다. 모두 부탁의 형태를 띠고 있었다. 무언가 이상하다는 느낌이 들 때마다 친구라면 이 정도는 별일이 아니라고 스스로를 속였다. 그 과정 속에는 어떤 물리적인 폭력도 없었다. 그냥 정신을 차려 보니 상대해 주는 아이들은 일진들밖에 없었고, 진짜로 왕따가 되지 않으려면 그들의 부탁을 계속해서 들어주는 수밖에 없었다. 그 지경이 되어서도 기남은 자신이 왕따가 아니라 그들의 친구라고 생각했다. 하나하나 치밀한 계획 속에 이루어진 것 같기도 했고, 그냥 우연의 연쇄 속에 일어난 치명적인 결과 같기도 했다.

새로 산 운동화를 처음 신고 등교한 날이었다. 학교 식당에서 점심을 먹고 교실로 돌아와 책상에 엎드려 자고 있는데 누군가 어깨를 툭 건드렸다. 일어나 보니 일진의 대장 격인 아이가 옆에 서서 기남의 어깨에 손을 올리고 있었다.

"나 오늘 여친 만나러 가는데 신발 좀 빌려줘라."

엄마를 조르고 졸라 거금을 주고 산 새하얀 한정판 신발이었다. 기남은 눈을 깜빡이며 그를 바라보았다.

"안 돼, 나 이거 오늘 처음 신었어."

대답을 들은 그의 얼굴에서 웃음이 빠르게 지워졌다. 주변을 둘러보니 어느새 다른 무리까지 책상을 벽처럼 둘러싸고 있었다. 기남의 주위로 자연스럽게 어두운 그늘이 만들어졌다.

"야, 뭐 해? 얼른 축구 하러 가자."

누군가 교실 뒷문에서 소리쳤다.

"어, 잠깐만 얘가 나 신발 빌려주기로 해서. 나 오늘 백희 만나기로 했잖아."

"그만해."

기남이 쥐어짜듯 말했다.

"그만하긴 뭘 그만해 친구끼리. 이 새끼 존나 치사하네. 내가 뭐 신발 달라고 했어? 빌려달라고. 금방 준다니까."

상대의 입에서 험한 말이 나오자 주눅이 들었다. 교실 안이 일순 조용해졌다. 그제까지 저마다 시끄럽게 떠들던 반아이들이 하던 일을 멈추고 두 사람을 바라보고 있었다. 분위기가 험악해지면 정말로 뺏길 수도 있겠다는 판단이 들었다.

"아니, 내 말은…… 축구는 하지 말라고."

기남은 바로 말꼬리를 돌려 말했다. 최소한 신발이 더러워지는 일은 피해야 했다. 험악했던 그의 표정이 금세 웃는 낯으로 변했다.

"알았어, 축구 안 해. 어차피 끝나고 바로 여친 만나야 해서. 땀 냄새 나면 걔가 지랄해. 알지?"

무얼 아는지도 모르면서 기남은 그저 고개를 끄덕였다.

그나마 축구는 안 한다고 하니 최악은 면했다는 생각이 들
었다. 허리를 숙여 두 손으로 신발을 주섬주섬 벗었다. 일
진이 자신이 신고 있던 삼선 슬리퍼를 그의 앞에 던져주었
다.

"고마워."

"응."

고개를 숙여 바닥에 널브러진 삼선 슬리퍼를 보며 대답
했다. 그 와중에도 고맙다는 인사는 들었으니 친구라고 생
각했다.

"야."

"어?"

부르는 소리에 기남은 다시 고개를 들어 그를 바라보았
다. 신발을 바꿔 신었음에도 그는 다시 무표정한 얼굴로
돌아가 있었다.

"고개 들고 웃어. 누가 보면 뺏는 거 같잖아."

"응."

"그냥 빌리는 거라고. 내가 거지야?"

옆에 있던 다른 아이들이 피식거리며 웃음을 터뜨렸다.

"아, 아니지."

"아니래. 시발, 개웃기네. 야 좋겠다, 거지 아니라서."

둘러싼 아이들 중에 하나가 너스레를 떨자 모두 웃음을 터뜨렸다. 기남도 그들을 보며 억지로 입매를 비틀어 웃었다. 그가 앉아 있던 기남의 뺨을 두어 번 가볍게 쳤다.

"븅신 새끼가 어디서 지랄하고 지랄이야. 신발 하나 가지고 씨발."

기남은 그가 등을 돌려 나가며 중얼거리는 소리를 들었다. 그를 따라왔던 아이들의 웃음소리가 귓가에 남았다. 교실에 있는 다른 아이들이 모두 자신을 지켜보고 있었다. 떨림을 감추기 위해 주머니에 손을 넣고, 입으로 숨을 쉬며 필사적으로 눈물을 참았다. 모두가 보는 앞에서 울어버리면 공식적으로 왕따가 될 위험이 있었다. 어서 어른이 되고 싶다고 생각했다.

그때와 마찬가지였다. 가해자로 지목된 임영빈의 모자이크된 얼굴을 보니 갑자기 숨이 막히고 눈가가 뜨거워졌다. 기남은 고개를 숙이고 입으로 숨을 쉬며 필사적으로 눈물을 참았다.

"기남아 괜찮아?"

누군가의 걱정하는 목소리를 듣자 이내 정신이 돌아왔다. 고개를 돌려보니 옆자리에 앉은 사촌 형이 걱정스러운 눈으로 이쪽을 바라보고 있었다.

"어, 형."

"왜 이렇게 몸을 떨어."

사촌 형의 말대로 손가락 끝이 떨리고 있었다. 여전히 그때의 기억에서 벗어나지 못한 스스로가 한심하게 느껴졌다. 괜찮아, 이제 어른이잖아. 눈을 감고 속으로 되뇌며 깊게 심호흡했다. 그제야 조금씩 떨림이 가셨다.

"이거 봤어?"

고개를 내밀어 모니터를 살핀 사촌 형이 영문을 모르겠다는 듯 다시 기남을 바라보았다.

"이게 뭐?"

"나 얘 알아."

"걔 모르는 사람이 세상에 어딨어. 리본인데."

사실 그런 사람들은 세상에 많았지만 그게 중요한 건 아니었다.

"아니, 가해자 말이야."

"네가 이 새끼를 어떻게 알아?"

사촌 형이 자리에서 일어나며 물었다. 적극적인 반응에 잠시 대답이 망설여졌다.

"나랑 친해. 같은 학교였어."

"대박. 님들 이리 와봐요."

직원들이 기다렸다는 듯 기남의 자리로 모여들었다. 마침 점심을 먹은 직후라 한창 졸음과 싸울 시간이었다. 가해자를 알고 있다는 말에 모두 한마디씩 거들며 흥분하기 시작했다. 예상보다 격렬한 반응이었다.

"저는 리본이 자기 캐릭터 때문에 항상 긴팔만 입는 줄 알았어요. 그 왜 밈도 있잖아요. 소매 걷으면 팔에 잠들어 있던 흑염룡이 깨어나서 그 날 게임 터지는 거라고."

"기남 님 이 씹새끼 번호 좀 알려주세요."

"알아서 어쩌려고, 님 잘못하면 고소당해요."

"그럼, 그냥 보고만 있어요?"

어쩌겠다는 말도 하지 않았는데 직원들은 자기들끼리 열을 올리기 시작했다. 서로를 '님'으로 부르고, 존댓말로 대화하는 것은 회사의 규정이었다. 임영빈을 욕하는 소리를 들으니 힘이 났다. 이제 세상은 기남의 편이었다.

"그래서 어떻게 하실 거예요?"

직원 중 하나가 물었다.

"네?"

뜻밖의 질문에 기남은 반문했다. 꼭 뭐를 해야 하나?

"정의 구현 하셔야죠."

정의 구현은 개인이 당한 부당한 일에 대한 사적제재를 뜻하는 인터넷 밈이었다. 정의와 얼마나 관련이 있는가는 모르겠지만 사람들은 그런 일에 열광했다. 자칫하면 일이 커질 수도 있겠다는 생각에 저절로 어깨가 움츠러들었다.

"넌 뭐, 이런 새끼랑 친구냐."

사촌 형이 나무라듯 말했다.

"몰랐지."

"그걸 어떻게 몰라. 딱 보면 알지. 이런 양아치 새끼들은."

"형도 실제로 보면 그렇게 생각 못 할걸."

두려움이 가시고 나자 가장 먼저 배신감이 들었다. 이제까지 가장 친한 친구라며 다희까지 뺏기고 실실 웃던 자신이 한심했다. 거기에 생각이 미치자 배신감은 분노로 바뀌었다. 직원들의 말처럼 이런 인간에게는 정의 구현이 필요했다.

"혹시 아이피 추적 피하는 법 없어요? 그거만 알아도 좀 곤란하게 만들 수 있을 거 같은데."

갑자기 모두 입을 다물고 기남을 바라보았다. 사무실 동료들과 이야기하다 보면 가끔씩 마주치는 순간이었다.

"기남 님 브픈 몰라요?"

"그게 뭔데요?"

"야동 안 봐요? VPN."

"인싸는 안 보나."

굳이 대답하고 싶지 않은 질문이었다. 회사를 만들기 전 첫 미팅 때 혼자 정장을 입고 왔다는 이유로 기남의 별명은 인싸가 되었다. 기남을 제외하면 모두 같은 코드를 공유하는 그들과의 소통은 마치 여러 개의 입을 가진 한 사람과 대화하는 듯했고, 이는 매번 피곤함을 유발했다. 그들은 항상 기남을 자신과 다른 사람으로 규정하고 경외하는 동시에 은근히 조롱했다.

"우회 아이피 할당받는 프로그램이요."

"불법 아닌가요?"

중요한 부분이었다. 어른이 된 기남을 지켜줄 법의 테두리는 불법을 자행하는 순간 올가미가 되어 역으로 죄어올 수도 있었다.

"목격자를 없애면 암살이라는 말 있잖아요. 이것도 마찬가지예요. 애초에 추적을 못 하는데 어떻게 불법이 돼요."

"이론적으로는 추적이 됩니다. 귀찮고 오래 걸려서 그렇지."

"뭐 그건 그렇죠."

"아마 그 게시물 처음 올린 놈도 우회해서 올렸을 거예요. 바보가 아니면."

"그런데 이중으로 우회하면 추적이 불가능하지 않을까요?"

"아뇨, 다 가능은 해요. 그만큼 시간이 더 걸리지만."

직원들은 또 핵심에서 벗어나 자기들끼리 추적이 되냐, 안 되냐의 문제로 토론하기 시작했다. 검색을 해보니 그들의 말대로 수많은 우회 프로그램이 있었다. 해외 쇼핑몰 사이트에서부터 지역 제한이 걸린 게임 서버 혹은 포르노 사이트 등 국내에서 접속이 불가능한 홈페이지에 연결하기 위해 사용하는 프로그램이었다. 기남은 그중 하나를 설치한 후에 실행시켰다. 클릭 몇 번으로 할 수 있는 간단한 작업이었다.

"어쩌게요?"

"일단 동문회에 퍼다 날라야죠."

"기남 님아, 거기도 올려. 그 새끼 사는 동네 맘 카페."

"오, 사장님 머리 좋네요."

사촌 형의 말에 직원들이 모두 고개를 끄덕이며 동의했다. 기남은 영문을 모르고 사촌 형을 바라보았다.

"거기서 찍히면 동네에서 장사도 못해요. 게다가 그 사람들 취미나 관심사가 다 제각각이라 돌아다니는 커뮤니티가 다양하단 말이죠. 그 사람들이 다른 게시판으로 퍼 나른다고 생각해 보세요. 바이럴 마케팅을 괜히 거기서 시작하는 게 아니죠."

맘 카페는 이름처럼 학부모들이 모이기보다는 같은 지역의 사람들이 정보를 공유하는 지역 기반 커뮤니티에 가까웠다. 기남은 의견대로 동문회 게시판과 맘 카페에 각각 게시물을 업로드하고 반응을 기다렸다.

맘 카페 쪽 게시물에는 꽤 많은 댓글들이 실시간으로 달리고 있었다. 대부분은 학교폭력 가해자였던 인물이 같은 지역에 살고 있다는 사실에 대한 불쾌감의 표시였지만, 개중에는 실제로 동네 어디에서 목격했다는 사람도 있었다.

반면에 퇴근 시간 전까지도 동문회 게시판에는 아무런 반응이 올라오지 않고 있었다. 예상치 못한 결과였다. 더 확실한 방법을 강구할 필요가 있었다.

일단 다른 친구들에게도 알리는 게 좋겠다는 생각에 기남은 상준에게 전화를 걸었다.

"어, 웬일로 전화를 다 했어."

"너 동문회 카페 봤어?"

"응?"

"거기 게시판 봐봐."

"아, 그거 엊그제 딴 데서 봤어."

시간이 조금 걸릴 거라는 예상과 다르게 즉각 대답이 돌아왔다. 뜻밖에도 심상한 목소리였다.

"그런데 왜 가만있었어?"

"그야 사실인지 아닌지도 모르고. 나도 이리저리 조사를 좀 해봤지. 그리고 그게 사실이어도 내가 너한테 왜 알리겠냐. 너 걔랑 친하잖아."

"그래서 결론은?"

"뭐가."

"조사해 봤다며."

"결론은 뭐, 걔 유명하다며? 프로게이머. 보통이 아니던데. 그런 사람이 아무 이유 없이 저런 말을 하겠어? 거짓말이면 자기 커리어 다 날리는데 뭔가 이유가 있으니까 그러겠지. 그런데 너 임영빈 편 아니었어?"

어처구니가 없는 결론이었지만, 일리가 없는 말은 아니었다. 명성과 이미지로 먹고살아야 하는 유명인이 굳이 위험을 무릅쓰고 거짓말을 할 이유가 없었다. 중학교 시절 자신을 괴롭혔던 일진들도 임영빈처럼 태연하게 잘 살고 있을 거라고 생각하니 화가 났다.

"유치하게 무슨 편이야."

이런 상황에서 굳이 임영빈을 변호할 필요는 없었다.

"기남아, 일단 게시물부터 지워."

순간적으로 들어오는 공격에 기남은 저도 모르게 귀에서 스마트폰을 뗐다 다시 갖다 댔다.

"뭐라고?"

"내가 그 날 다 터뜨릴 거니까 그때까지 좀 조용히 있으라고. 괜히 냄새 맡게 하지 말고. 그 새끼 존나 지만 잘난 척할 때마다 역겨웠는데."

전화가 끊겼다. 상준은 주말에 약속한 모임에서 이 사실을 폭로를 할 모양이었다. 영빈이 존경하는 교수님까지 참석하는 자리였다. 그 상황이 된다면 임영빈은 기남을 향해 도움을 요청하는 눈길을 보낼 게 분명했다. 과연 외면할 수 있을까. 외면하지 못하면 다른 친구들과의 사이가 어색해질 수 있었다. 그렇다고 함께 매도를 하면 그 역시도 매정한 사람으로 비칠 수 있었다. 어느 쪽으로도 잘 판단이 서지 않았지만, 게시물을 지우는 게 우선이었다.

5

"이야 좆됐는데?"

휴대폰에서 눈을 뗀 재호가 영빈을 아래에서부터 위로
훑어보며 말했다. 처음 이야기를 꺼냈던 상준 역시 건너편
에서 경멸스러운 눈빛을 보내고 있었다. 영빈의 기억 안
에서 누군가 자신을 그런 식으로 바라보는 건 처음이었다.
당혹스러운 순간이었다.

"뭐 하는 거야?"

이 질문은 영빈이 앞으로도 계속해서 던지게 될 질문이
었다.

"영빈아, 이거 너 아니지?"

동규가 물었다.

"나 아니야."

"그럼 너 쌍둥이냐?"

바로 반박이 날아 들어왔다. 상준이 자신에게 열등감을 가지고 있다는 사실을 영빈은 익히 알고 있었다. 모두 똑같았다. 약점을 보이면 후벼 파려고 들 뿐이었다. 화가 나기보다는 몹시 피곤했다.

"그걸 말이라고 하냐, 내가 씨발 이런 짓 할 사람이야? 됐고 술이나 마시자."

저도 모르게 욕설이 튀어나왔다. 무엇보다도 그 사실에 화가 치밀었다. 개중에는 욕을 입에 달고 사는 부류들도 있었지만, 영빈은 그런 인간들을 가장 혐오했다. 가만히 앉아 있음에도 심장이 빠르게 뛰고 얼굴에 피가 쏠리는 게 느껴졌다. 빈 잔을 들었지만 술을 따라주는 친구가 아무도 없었다. 하나같이 마음에 들지 않았다.

"적혀 있는 거 보니까 딱 넌데, 무슨 개소리를 하고 있어."

아무래도 상준은 이 이야기를 끝낼 생각이 없어 보였다. 마치 먹이를 문 개새끼 같았다. 펜은 칼보다는 약할 수 있지만 개인보다는 확실히 강하다. 단 몇 줄이라도 거짓이 문자화되는 순간 그걸 해명하기 위해서는 그 몇 배의 시간과 노력이 필요한 법이었다. 그렇게 시간을 들여 해명을 한다고 해도 그때는 이미 아무도 관심이 없기 마련이었다. 왜 눈앞에 있는 내 말은 믿지 않고, 출처조차 불분명한 인터넷 게시물 따위를 신뢰하는 걸까. 무엇보다도 그 부분이 가장 이해가 가지 않았다.

"그만해. 영빈이 얘기도 들어봐야지."

그때까지 가만히 있던 동규가 상준을 향해 손을 들며 말했다. 말리는 척을 하지만 역시나 해명을 요구하는 말이었다. 내가 아니라는데 무슨 해명이 필요한 걸까? 영빈은 심호흡을 하고 세 사람을 차례차례 바라보았다. 하나같이 굳은 얼굴로 자신을 바라보고 있었다. 여기서 섣부르게 화를 내면 오히려 인정하는 꼴이 될 수 있었다.

"이런 식으로 조작된 글이 인터넷에 얼마나 많은데, 나는 정말 모르는 일이야."

빈 잔을 도로 내려놓으며 말했다.

"그야 그렇지."

상준이 고개를 끄덕이며 말했다. 다른 두 사람은 말이 없었다.

"그런데, 그게 왜 넌데?"

방심할 틈도 주지 않고 다음 질문이 날아들었다. 쏘아보는 상준의 눈을 보며 영빈은 자신이 무슨 말을 해도 어차피 이들은 믿지 않으리라는 사실을 깨달았다.

"무슨 말이든 해봐, 영빈아."

동규가 짐짓 걱정스러운 투로 물었지만 눈빛은 이미 호기심에 번들거리고 있었다. 침묵이 금이라는 말은 개소리다. 의심할 준비가 된 사람들은 침묵 앞에서 더욱더 공격적으로 변할 뿐이었다. 하지만 믿지 않을 준비가 된 사람들 앞에서 무슨 말을 해봐야 모두 변명이나 거짓말로 들릴 뿐이라는 사실 역시 잘 알고 있었다. 차라리 벽을 앞에 두고 말하는 편이 낫겠다는 생각이 들었다.

"무슨 말을 하겠냐."

상준이 다소 연극적인 태도로 자리에서 일어나며 말했다. 동규와 재호가 이러지도 저러지도 못하고 두 사람을 번갈아 바라보았다.

"앉아, 후회하지 말고."

일어나는 상준을 바라보지 않고 영빈이 말했다. 자리에 서서 자신을 내려다보는 상준의 시선 때문에 이마가 따끔거렸다. 복에 힘을 수고 정면 벽을 응시했다. 여기서 고개를 들어 쳐다보면 주도권을 뺏기게 된다. 그렇게 되면 모든 일이 거짓으로 밝혀진 후에도 친구들은 이 장면을 기억할 것이다. 인간 임영빈이 약해 보이던 순간. 친구들 사이에 자존심을 세우는 건 알량한 일이라고들 말하지만, 때로는 전부이기도 했다.

"후회는 지랄. 간다."

별실의 문을 열고 상준이 밖으로 나갔다. 다른 두 사람이 주섬주섬 자리에서 일어났다. 붙잡아야 한다는 생각에 그제야 고개를 돌렸지만 입이 떼어지지 않았다.

"영빈아, 연락할게."

"결혼 축하해."

두 사람마저 하나 마나 한 말을 하고 밖으로 나갔다. 영빈은 별실에 혼자 남았다. 테이블 위에는 이름을 알 수 없는 죽은 생선이 살이 떠진 채 말라가고 있었다.

"씨발."

다시 욕이 나왔다. 오늘만 두 번째로 하는 욕이었다. 바로 그때 테이블 위에 올려두었던 휴대폰이 울렸다. 액정화면에 찍힌 다희의 이름을 보자 불길한 생각이 들었다. 그녀가 게시물을 보고 전화를 한 거 아닐까. 이 상황에서 통화를 피하면 오히려 인정하는 꼴이 될 수 있었다. 게다가 아직 그녀가 게시물을 봤는지 알 수 없었고, 전화를 받지 않으면 영원히 모를 일이었다.

"그래, 다희야."

"여보, 아직 모임 중이야? 교수님이 뭐라셔?"

다행히 목소리에서 다른 낌새는 느껴지지 않았다.

"당연히 좋다고 하시지. 말씀이야 진작 드렸잖아. 오늘은 그냥 인사차 모신 자리야."

"그래, 술 많이 마셨어?"

"얼마 안 마셨어. 교수님은 방금 가셨고."

거짓말을 하고 싶지는 않다는 생각에 영빈은 최대한 머리를 굴려 가며 사실만을 말했다.

"근데 좀 취한 거 같네. 여보 술 많이 마시면 목소리 약간 상기되잖아."

"얼마 안 마셨는데. 오랜만에 친구들을 봐서 그런가."

말을 하며 빈방을 둘러보았다. 건너편 자리에 반쯤 채워진 소주잔이 보였다. 아무리 생각해도 이 상황이 좀처럼 이해가 가지 않았다. 그때 별실의 문이 열렸다. 영빈은 깜짝 놀라 옆을 돌아보았다.

"죄송합니다."

테이블을 정리하러 온 종업원이 별실에 남아 있는 영빈을 보고는 당황한 듯 사과를 했다. 손짓으로 종업원을 내보냈다.

"내가 지금 여보 집으로 갈까요? 내일도 쉬는 날이니까 같이 식사도 하고, 스튜디오도 알아보고. 어때요? 오늘 같이 있고 싶은데."

얘기를 들으며 소주병을 들어 잔을 채웠다. 간밤의 대화 때문인지 오늘따라 그녀가 유난히 끈질기게 군다는 생각이 들었다.

"내가, 내일 연락할게요. 오늘은 좀 늦을 거 같기도 하고."

가까스로 평정심을 유지하며 말했다. 한참 동안 대답이 돌아오지 않았다. 화가 났다는 뜻이었다. 다희는 화가 나면 말을 하지 않는 쪽을 택하는 편이었고, 바로 그런 점이 가끔 사람을 속 터지게 만들었다.

"알았어, 미안. 어리광 부려서."

한참 만에야 돌아오는 대답에 안도의 한숨을 내쉬었다. 평소 같았으면 화가 났냐며 풀어주었겠지만 도저히 그럴

여력이 남아 있지 않았다.

"고마워."

"내가 고맙지. 도착하면 전화 줘요. 걱정되니까."

완전히 지쳐 휴대폰을 내려놓았다. 잔뜩 엉킨 실타래처럼 꼬여버린 일들이 눈앞에 산재해 있었다. 주례를 보기로 한 김호진 교수의 문제는 이제 별일처럼 느껴지지도 않았다. 어디에서부터 손을 대야 할지 감조차 오지 않는 거대한 일들이 몰려오고 있었다. 영빈은 몸을 한차례 떨고는 앞에 놓여 있던 소주를 입에 털어 넣었다. 내장 깊은 곳에서부터 쓴 기운이 목구멍을 할퀴며 올라와 헛구역질이 났다. 젓가락으로 회를 한 점 집자 말라붙은 살점들이 서로 엉겨 붙으며 줄줄이 딸려 올라왔다. 영빈은 젓가락을 내려놓고 역겨움을 참아냈다.

상준이 링크한 커뮤니티의 게시물 이후로 단톡방에는 아무 말도 올라오지 않고 있었다. 영빈은 링크를 클릭했다. 화면 속 리본이라는 남자는 가뜩이나 마른 얼굴에, 걸쳐진 동그란 안경과 턱에서부터 볼까지 가득 덮은 수염 때문에 어딘가 만화 속 캐릭터를 연상시키는 모습이었다. 그의 앞에 놓인 테이블에는 소주병과 족발이 놓여 있고, 화면 오

른쪽 위에 '간만에 술방 족발+소주'라는 자막이 적혀 있었
다. 스크롤을 조금 더 내리자 남자의 얼굴 왼쪽으로 '궁금
해서 님이 100,000원을 기부하셨습니다'라는 구절과 함
께 아래에는 '형, 왜 항상 긴팔만 입는 거야? 정말 팔에 흑
염룡이 잠들어 있어서 그런 거야?'라는 질문이 적혀 있다.
여덟 번째 캡처 화면에서 남자는 소매를 걷어 카메라를 향
해 팔목을 보여주고 있었다. 팔목 안쪽에서부터 새끼손톱
만 한 동그란 흉터들이 팔꿈치 안쪽까지 일렬로 점점이 이
어져 있었다. 화면 아래에 자막으로 표기된 설명에 따르면
담뱃불로 생살을 지진 흔적이었다. 흉터는 모두 일곱 개였
고 얼핏 보면 북두칠성처럼 보이기도 했다. 흉한 상처와는
어울리지 않게 남자는 평온한 표정으로 카메라를 바라보
며 웃고 있었다. 말에 따르면 그 흉터를 만든 사람은 영빈
이었다. 하지만 아무리 생각해도 기억이 나지 않는 일이었
다. 남자의 얼굴 역시 낯설기는 마찬가지였다. 순간적으로
그가 눈동자를 움직여 자신을 바라보는 듯한 착각에 영빈
은 허겁지겁 뒤로 가기 버튼을 눌렀다.

천장에는 별 모양의 야광 스티커가 붙어 있었다. 집에 처

음으로 다희가 놀러 온 날 선물로 가지고 와서 함께 붙인 스티커였다. 밝은 형광등 아래에서는 그저 얼룩처럼 보일 뿐이었다. 영빈은 침대에 누운 채로 빠르게 눈을 깜빡였다. 불을 끄거나, 눈을 조금이라도 오래 감으면 그대로 천장이 무너져 내릴까 무서웠다. 아니, 단순한 느낌이 아닌 몸으로 느껴지는 감각이었다. 눈을 감으면 분명 천장이 무너져 깔려 죽을 것이다. 택시를 탔던가? 집까지 어떻게 돌아왔는지 잘 기억이 나지 않았다. 이성적으로 생각해야 한다. 천장이 무너질 리 없다. 목을 죄고 있던 넥타이를 느슨하게 풀었다. 어쩌면 다음번 눈을 감을 때는 무너질 수도 있다는 생각이 머리를 스쳤다. 아무 이유도 없이 그런 일이 벌어지지는 않는다.

"쫄았냐? 등신아."

영빈은 천장에 대고 말했다. 말을 하는 자신의 목소리가 들려오자 웃음이 터졌다. 한참 웃고 나자 스스로 부끄럽다는 생각에 얼굴이 홧홧해져 왔다. 정신을 차릴 필요가 있었다.

화장실 거울 속에 있는 자신을 가만히 바라보았다. 붉게 상기된 얼굴과 살짝 풀린 눈동자, 그리고 바보처럼 벌리고 있는 입까지. 머릿속에서 상정하고 있는 자신의 모습과는 거리가 멀었다. 이건 조금 심하네. 입을 다물고 눈에 힘을 주었지만 여전히 붉은 낯빛은 그대로였다. 세수를 하기 위해 세면대 레버를 돌리자, 거울 옆 벽에 붙어 있던 샤워기에서 물이 뿜어져 나와 영빈을 덮쳤다. 영빈은 깜짝 놀라 고함을 지르며 뒤로 한 발짝 물러섰다. 내지른 고함 소리가 좁은 화장실 안에서 울리며 귓가를 맴돌았다. 처음 이사 왔을 때 몇 번 물을 뒤집어쓰는 실수를 한 이후 언제나 세면대 쪽으로 레버를 돌려두었다.

죽 어 버 려

사흘 전, 현관문에 붙어 있던 포스트잇을 떠올리는 순간 정말 목이 졸린 듯 숨이 막혀왔다. 누군가 집에 다녀갔다. 거울 속 눈동자가 떨리고 있었다. 의식적으로 입을 통해 숨을 크게 들이마셨다. 마셨던 숨을 뱉어내려는 순간 배 속에서부터 뜨거운 기운이 올라왔다. 변기통에 머리를 처박고 구역질을 했다. 토사물이 내장에서부터 목구멍을 긁으며 입 밖으로 쏟아져 나왔다. 고개를 너무 깊숙이

숙인 탓에 변기 물이 얼굴에 튀는 게 느껴졌다. 눈을 감고 올라오는 구역질을 참으며 영빈은 손을 더듬어 물을 내렸다. 다시 한번 얼굴에 물이 튀며 시큼한 냄새가 코를 찔렀다. 도저히 눈을 뜨고 몰골을 확인할 용기가 나지 않았다. 일단은 세수를 해야 했다. 영빈은 눈을 감은 채로 손을 더듬어 세면대를 찾았다. 차가운 물이 손에 닿자 그제야 조금 정신이 돌아왔다. 흐르는 물에 거푸 세수를 한 후에 눈을 뜨고 거울을 보았다. 쫄딱 젖은 쥐새끼처럼 잔뜩 겁을 집어먹은 남자가 거울 안에서 영빈을 바라보고 있었다. 볼 한쪽이 의지와 상관없이 파르르 경련하고 있었고, 코 아래로 물이 흐르고 있었다. 무엇보다도 자신이 그런 표정을 지을 수 있다는 사실에 겁이 났다. 생각을 해야 했다. 정말 누군가 집에 들어왔었다면 겨우 샤워 레버를 돌려두는 정도로 끝날 리 없었다. 그건 지나치게…… 귀엽다. 문득 어떤 생각이 머리를 스쳤다.

화장실에서 나와 냉장고를 열어보았다. 예상대로 못 보던 반찬 통이 있었다. 뚜껑을 열어보니 영빈이 좋아하는 깻잎무침이 들어 있었다. 확인을 하고 나니 그 난리를 피운 사신이 한심스럽게 느껴졌다. 거기에 생각이 미치자 발작적으로 웃음이 터졌다. 집에 들어와 느꼈던 불안과 공포가 일순간에 등신 같은 짓처럼 느껴졌다. 영빈은 휴대폰을 들었다.

"집 도착했어요?"

"저기, 방에 왔었어?"

수화기 너머로 잠시 머뭇거리는 기색이 느껴졌다. 화를 삭이기 위해 영빈은 천천히 심호흡을 했다.

"아까 전화했을 때 사실 오빠 집이었어. 그런데 오지 말라고 해서 다시 집에 왔지. 오빠는 그런 거 싫어하잖아."

아쉬움이 느껴지는 목소리가 뒤통수를 긁고 지나갔다. 멍청하게 덜덜 떨었던 자신의 모습이 머릿속을 다시 한번 스쳤다.

"그런데 어떻게 알았어요?"

장난스럽게 애교를 부리는 목소리가 돌아왔다. 아무리 결혼을 앞둔 사이여도 그렇지 왜 얘기도 하지 않고 멋대로 행동할까. 이러한 방식으로 이루어지는 사람들의 무례함은 매번 영빈을 놀라게 했다. 그나마 다행인 점이 있다면 아직까지 게시물을 읽은 낌새는 보이지 않는다는 사실이었다.

"냉장고 보고 알았지."

대답을 하는데 배에서 약간의 통증이 느껴졌다.

"봤구나. 오빠 좋아한다고 엄마가 챙겨줬어."

"그래, 어머님께 잘 먹겠다고 꼭 전해드려."

"알았어. 이제 잘 거야?"

"응, 그러려고."

"우리 내일 만나?"

잘 자라고 말을 하려는 순간 다희가 물었다. 인내심이 바닥이 날 듯했다. 당장 끊으라고 소리를 지르고 싶었다. 평소의 그녀일 뿐이다. 영빈은 화를 내는 순간 벌어질 일에 대해 생각하며 참았다. 그랬다간 수습이 곤란할 수도 있다. 자칫 파혼으로 이어지면 두 사람의 혼사에 대해 알고 있는 주변 사람들이 고개를 갸웃거릴 것이다. 시간을 끌기 위해 헛기침을 하며 말을 골랐다.

"다희야, 내가 오늘 조금 피곤했어. 내일은 힘들 거 같아. 미안해. 주중에 반차 써볼게, 그때 같이 알아보자."

"그렇겠다. 미안, 내가 너무 내 생각만 했지. 요즘 야근에 술까지 마셔서 여보도 피곤할 텐데. 그래, 그럼 내일은 푹 쉬어. 이만 끊을게."

"응, 고마워."

드디어 통화가 끝났다. 안도의 한숨을 내쉬는데 어이가 없게도 눈가가 뜨거워졌다. 영빈은 재빨리 손등으로 눈가를 훔쳤다. 논리적으로 생각해야 했다. 아무리 중학생 때 기억을 더듬어도 박선용이라는 이름은 기억나지 않았다. 영빈은 새삼 주변을 둘러보았다. 책상과 노트북, 침대, 냉장고, 천장에 붙은 형광등, 반쯤 열린 화장실 문. 원룸 안의 단출한 세간들이 고개를 빼 들고 영빈을 바라보고 있었다.

6

오 년 전, 텔레비전 뉴스에 나오는 박선용의 모습을 우연
히 발견한 유현정은 당혹스러움과 반가움을 동시에 느꼈
다. 뭐랄까, 마당 텃밭에 무심히 버린 수박씨에서 자란 새
싹을 우연히 발견하게 된 기분이랄까. 게임을 해서 돈을
번다니. 당시 오십에 가까운 나이를 바라보고 있던 현정에
게 프로게이머는 무척 생소한 직업이었다. 하지만 그런 애
에게 가장 맞는 직업이라는 생각도 동시에 들었다. 소모적
이며 사회에 도움이라고는 되지 않는 일. 어차피 중학교
중퇴이기도 했고, 제대로 된 직업을 가질 수 있을 리가 만
무했다. 일용직을 전전하거나, 그도 아니라면 범죄자가 되
어 교도소를 들락거려도 이상하지 않았다. 고작 게임을 해
서 돈을 버는 일을 성공이라고 부를 수 있을까 의문이었지

만, 텔레비전에 나오는 그의 모습은 현정에게 남아 있던 희미한 죄책감마저 씻어주기에 충분했다.

"세계대회라니, 그래도 대견하네."

혼잣말로 중얼거리며 현정은 채널을 돌렸다. 그 후로 생각이 날 때마다 한 번씩 인터넷에 박선용의 이름을 검색해 보고는 했다.

그런 박선용이 다시 현정의 인생에 끼어들기 시작했다. 한때나마 그를 대견하다고 생각한 자신이 한심했다. 벌레는 벌레일 뿐인데. 현정은 '평범한 중딩이 세계 최고 게이머가 된 사연'이라는 포스팅 끝에 달린 동영상을 재생시켰다.

박선용은 요즘 유행한다는 인터넷 방송인으로 전업을 한 모양이었다. 술을 먹는 방송? 특별한 연출이나 스토리도 없이 그저 사람이 술을 마실 뿐인데, 그 모습을 몇만 명이나 되는 사람들이 라이브로 본다는 게 잘 이해가 가지 않았다. 그는 연예인들처럼 매력적인 외모도 아니고, 그렇다고 말을 잘하는 타입도 아니었다. 화면 속에서 그는 팔에 난 흉터를 보이며 중학생 때 있었던 일에 대해 이야기했다. 저 정도였나? 오태완을 통해서 전해 듣긴 했지만 상처를 본 건 처음이었다. 중학교 시절 괴롭힘을 이기지 못해 자퇴를 했고, 가해 학생의 엄마가 찾아와 오백만 원을 건넸다는 이야기였다. 그는 그 돈을 가지고 컴퓨터를 사서 게임을 시작했고, 이후로는 사람들이 알고 있는 프로게이머 'Re:bORN500'의 스토리 그대로였다. 현정은 그날에 대해 잘 알고 있었다.

안 그래도 좁은 경사로 한쪽에 차들이 줄줄이 주차되어 있었다. 반대편에서 차가 내려올 때마다 후진으로 비켜주거나, 길 한쪽으로 바짝 붙어야만 하는 좁은 길이었다. 그런 식으로 가다 서다를 반복하며 십 분 정도 오르고 나서야 차가 멈췄다.

"다 왔나요?"

현정이 운전석에 앉은 오태완에게 물었다.

"아니요, 여기부터는 걸어가야 해요. 길이 좁아서."

차 안에 있을 때는 차창이 더러운 거라고 생각했는데 나와서 보니 동네 전체가 부옇게 보였다. 마침 모래 먼지가 바람에 실려 유현정의 송아리를 스치며 지나갔다. 현정은 입을 꾹 다문 채로 경사로 아래쪽을 내려다보았다. 길 아래쪽에 빽빽이 들어선 단층짜리 양옥집의 빛바랜 지붕들이 답답한 느낌을 주었다. 그 모습을 보고 있으니 자꾸 코끝이 간질거렸다.

"이쪽으로 가시죠."

실핏줄처럼 퍼진 좁은 골목 중 하나를 가리키며 오태완이 말했다. 건너편에서 사람이 온다면 옆으로 피해야만 겨우 통과할 수 있을 정도의 길이었다. 길이라기보다는 통로라는 말이 어울릴 듯했다.

현정은 드라마 촬영장에 가난한 동네 배경의 세트가 왜 그렇게 많은지 이제야 알 수 있었다. 이런 곳에서라면 카메라 앵글은 물론이고, 촬영 장비조차 들어올 수 없음이 분명했다. 몇 번의 갈림길을 지나고 나서야 오태완이 멈춰섰다. 처음 그가 길잡이를 해주겠다고 말했을 때는 그저 돈을 더 받아내기 위해 수작을 부린다고 생각했는데, 그럴만한 이유가 있었다. 혼자서는 도저히 찾을 수 없을 위치였다.

"여깁니다."

고동색 철문 위쪽에 불투명한 유리가 붙은, 싸구려 술집 화장실에서나 볼 법한 문 앞이었다. 자연스레 두 사람이 화장실에 살고 있다는 연상으로 이어졌다. 따지고 보면 그렇게 틀린 생각도 아니었다. 오태완이 노크를 하자 문이 울리며 컹컹 소리를 냈다. 한참을 기다린 후에야 문이 살짝 열리며 틈새로 노파가 고개를 빠끔 내밀었다. 동시에 음식물 쓰레기통에서나 맡을 만한 지독한 냄새가 코를 찔렀다. 눈이 따끔거릴 정도였다.

"안녕하세요. 할머님. 또 뵙네요."

정말로 선생님 같은 자세로 오태완이 고개를 숙여 인사했다.

"아이고, 선생님이 또 오셨네. 아이고, 오신다고 하셨지. 내 정신을 좀 봐라. 강아지야 이리 나와 봐라, 선생님이 오셨다. 학교에 가지 않아도 선생님은 선생님이지."

안쪽에서부터 아무 반응도 돌아오지 않았다. 오태완은 이미 방문을 한 적이 있는 듯싶었다. 현정은 옆에 서서 자신이 소개되기를 잠자코 기다렸다. 익숙한 일이었다.

"그냥 놔두세요. 이쪽은."

태완이 말을 이어 가는데 그제야 현정을 발견한 노파가 눈을 동그랗게 뜨고 소리를 꽥 지르며 문 안쪽 계단 아래로 한 발짝 물러섰다. 덕분에 키가 더 줄어들어 마치 난쟁이처럼 보였다.

"테레비, 테레비전."

예상보다 더 극적인 반응에 현정은 자신을 어떻게 소개
해야 하나 순간 망설였다.

"안녕하세요. 유현정입니다."

최대한 또박또박 발음하며 허리를 숙여 인사했다.

"아이고, 우리 집 테레비에 나오는 사람이 이를 어째. 누
추해서."

노파가 문 옆으로 비켜서며 말했다.

"선생님, 여기서부터는 저 혼자 할게요."

현정이 오태완에게 말했다. 물론 그러기 위해서 왔다는
걸 알고 있겠지만 그래도 명색이 선생이라는 사람 앞에서
대놓고 돈을 꺼내기는 민망했다.

"괜찮으시겠어요?"

짐짓 걱정스럽다는 투로 오태완이 물었다. 가늘게 뜬 눈
을 보아하니 빤히 계산을 마친 눈치였다.

"네, 괜찮아요."

"그럼, 저는 저 앞에서 담배라도 피우고 있겠습니다."

"그러세요."

오태완이 뒤로 물러나고 현정은 허리를 굽혀 문 안쪽으로 들어섰다. 계단 두 칸을 내려서자 시멘트가 발라진 한 평 남짓한 공간이 나왔다. 벽에는 수도꼭지가 붙어 있었고, 벽 한쪽에는 그릇 따위의 세간이 들어 있는 유리문 달린 장식장이 보였다. 문이 두 개였는데, 들어온 문을 기준으로 왼쪽의 문은 활짝 열려 있었고 정면의 문은 굳게 닫혀 있었다. 그때 닫혀 있던 문이 을씨년스러운 소리를 내며 슬쩍 열렸다. 현정은 반사적으로 고개를 돌려 그쪽을 바라보았다. 붉게 충혈된 눈이 현정을 바라보고 있었다. 아마도 박선용이라는 아이인 듯했다. 그곳은 화장실이 아니라 방인 모양이었다. 화장실은 어디지? 생각이 거기에 미치자 기다렸다는 듯 코안으로 지린내가 들러붙었다. 코를 막고 싶다는 생각을 억누르며 천천히 입으로 숨을 내쉬었다. 선용과 눈이 마주치자 거친 소리와 함께 문이 도로 닫혔다. 그 모습을 본 노파가 혀를 찼다. 노파의 안내에 따라 신발을 벗고 열려 있던 문 안쪽 방으로 들어갔다.

"귀한 분이 오셨는데 뭐라도 내와야 할 텐데, 집에 마땅한 게 없어서. 내 미안해요."

"아니요, 괜찮습니다. 오히려 제가 뭐라도 들고 왔어야 하는데 경황이 없었네요."

누런색 비닐장판에 채 무릎이 닿기도 전에 노파가 말을
쏟아내기 시작했다. 무릎을 꿇고 자리에 앉으며 바닥에 짚
었던 손을 떼는데 끈적끈적하게 들러붙었다. 순간 구역질
이 올라왔다. 최대한 불쾌함을 감추며 핸드백을 무릎에 올
리고, 안에서 손수건을 꺼내 슬쩍 손을 닦았다.

"죄송합니다. 귀하신 도련님께 우리 선용이가 폐를 끼쳐
서."

노파가 고개를 숙이며 말했다. 현정은 엉겁결에 함께 허
리를 굽혔다.

"아니요, 일 때문에 자식 교육을 제대로 하지 못한 제 잘
못이 큽니다."

"일어나세요, 일어나요. 나랏일을 살피시는 분이 어찌
저 같은 거 앞에서. 이렇게 찾아주시는 것만으로 영광이고
경사죠."

노파는 현정이 드라마에서 맡은 영부인 배역과 현실을
헷갈려 하는 듯싶었다. 현정은 가만히 노파의 눈을 살폈다.
안개가 낀 듯 흐리멍덩한 눈빛이었다. 어디를 가나 그런
사람들이 있었다. 치매든 망령 같은 사람들. 이야기가 쉬

워질 수도 있겠다는 생각에 현정은 속으로 쾌재를 불렀다.

"아니요, 좋은 일로 찾은 것도 아니니까요."

대답을 들은 노파의 낯빛이 금세 어두워졌다.

"선용이가 원래 착한 애였는데, 어릴 때 그아 애비가 죽어버렸어요. 선용이 애미 그 찢어 죽일 년은 남편 장례식 끝나자 그 길로 줄행랑을 치고, 나도 따라서 확 뒈져버리고 싶은데 저 어린 것을 두고 어찌 그러냐 말이죠. 세상에 어느 어미가 자기 새끼를 버리고."

노파는 손자의 이름을 '서농'이가 아닌 '선, 용'이라고 유난히 또박또박 발음했다. 그게 자꾸 귀에 거슬렸다.

"처음 담임선생님이 집에 찾아왔을 때 제가 얼마나 놀랐는지 몰라요. 그 양반이 참 훌륭하신 양반이에요, 영국 신사 같은 양반이죠. 그때도 선생님 손을 잡고 제가 그렇게 울었어요. 그런데 이렇게 공주님까지 찾아주시니 제가 정말 몸을 이걸 어디에 둬야 할지."

넋두리가 계속되었고 그럴수록 현정은 이상하리만치 냉정해져 갔다. 급기야 노파가 손등으로 눈물을 찍어내기 시작했다. 노파에게 들고 있던 손수건을 건넸다. 그녀는 사건의 본질을 전혀 파악하지 못하고 있었다. 그저 학교의 선생이나 텔레비전에서나 보던 현정 같은 사람들을 이곳까지 찾아오게 만들었다는 사실만으로 송구한 일인 듯했다. 그런 오해를 굳이 나서서 바로잡을 필요는 없었다. 어차피 제대로 알아듣지도 못할 게 뻔했다. 저런 사람이 보호자라니 선용이라는 애가 불쌍하다는 생각이 들었다. 모든 사람은 뿌린 만큼 거둔다고 생각하는 현정이 누군가를 안쓰럽다고 여기는 건 대단히 이례적인 일이었다.

한번 시작한 넋두리는 도무지 끝날 기미가 보이지 않았다. 노파는 이제 자신이 손자를 키우느라 얼마나 고생했는지에 대해 이야기하고 있었다. 현정은 피곤함을 느꼈다. 따뜻한 욕조에 몸을 담그고 와인이라도 한잔 마시고 싶었다.

"이만 일어나 보겠습니다."

결국 더는 참지 못하고 자리에서 일어났다. 그제야 노파가 꿈에서 깬 사람처럼 퍼뜩 고개를 들어 현정을 쳐다보았다.

"아이고, 이 무식한 노인네가 귀하신 분을 너무 오래 잡아뒀네. 바쁘신 분인데 제가."

"아뇨, 앉아계세요. 몸도 불편하신데."

주섬주섬 일어나려고 끄응 소리를 내며 바닥을 손으로 짚는 노파를 만류했다. 신발을 신고 방 밖으로 나오니 여전히 닫혀 있는 문이 보였다. 선용이라는 아이의 방이었다. 현정은 잠시 멈춰 생각을 하다가 그 문을 두드렸다.

"잠시만 볼 수 있을까요."

방 안에서 인기척이 느껴졌다. 열리지 않으면 그냥 돌아가야겠다고 생각했는데 의외로 문은 순순히 움직였다. 문이 열리자 십 대 남자애들이 생활하는 공간 특유의 비린내가 가장 먼저 났다. 얼굴을 내민 선용은 이미 변성기를 겪고 있는 영빈과 같은 또래라고 생각할 수 없을 정도로 체구가 작았다. 마른 얼굴과 여드름 없이 하얗게 질린 피부 때문에 더 왜소하다는 느낌이었다.

"영빈이 엄마예요. 선용 학생 맞죠?"

어떤 리액션도 없이 선용은 그저 입을 조금 벌린 채 서 있을 뿐이었다. (원망이 가득한 눈으로) 라는 지문을 달면 어울릴 눈빛이었다. 현정은 핸드백에서 봉투를 꺼내 건넸다. 그가 그제야 영문을 모르겠다는 듯 고개를 수여 봉투를 보고는 다시 현정을 바라보았다.

"받아요. 원래는 할머님께 드리려고 했는데, 지금 보니까 학생한테 주는 게 맞는 거 같네."

선용이 손을 내밀어 봉투를 집었다. 무슨 말을 더 해야
할까 잠시 생각했지만 떠오르는 말은 없었다. 현정은 그대
로 뒤를 돌아 밖으로 나왔다.

골목길을 막 빠져나오는데 전화가 걸려 왔다. 영빈이었
다.

"그래, 아들 다녀왔어?"

폭력 사건이 공론화된 이후 영빈은 눈에 띄게 겁을 집어
먹고 있었다. 현정은 그런 아들을 위해 상담 센터를 알아
봤다.

"네, 엄마."

"그래, 엄마가 이쪽 문제도 다 해결했으니까 이제 다 잊
고 공부만 하면 돼. 알았지, 아들?"

"네."

풀이 죽은 목소리를 들으니 가슴 한편이 저릿했다.

"영빈아, 괜찮아. 엄마가 있잖아."

"고마워요."

다시 힘없는 대답이 돌아왔다. 아이는 자신이 잘못을 했
다고 생각하고 있는 걸까.

"왜 이렇게 목소리에 힘이 없어. 엄마가 말했잖아. 너는 잘못을 한 게 아니야. 실수를 했을 뿐이지. 사람은 누구나 실수를 해. 그런 때를 위해서 엄마가 있는 거고."

"네."

목소리가 조금은 돌아와 있었다. 유현정의 아들은 잘못 같은 건 하지 않는다. 누구나처럼 실수를 통해 조금씩 배워갈 뿐이다.

"영빈아, 이런 일은 우리에게 해를 끼칠 수 없어. 알았지? 배고프면 아줌마한테 밥 차려 달라고 하고."

전화를 끊고 조수석의 문을 열자 오태완이 피우고 있던 담배를 창문 밖으로 던져버렸다.

"오래 걸리셨네요."

"죄송해요. 할머님께서 워낙 말씀이 많으셔서."

"아, 좀 그렇죠. 제가 갔을 때도 엄청 그렇더라고요. 가시죠."

오태완이 시동을 걸며 말했다. 그는 보기와는 다르게 꽤 괜찮은 선생이었다. 돈을 받는 게 문제가 아니었다. 문제는 돈을 받고도 값을 하지 못하는 사람들이었다. 제값을 하는 그가 영빈의 담임이라 다행이었다. 차가 출발했다.

"이야기는 잘 마치셨습니까?"

한동안 말없이 운전에 집중하던 오태완이 차가 큰길에 들어서자 물었다.

"생각이 많아지네요. 영빈이한테는 제가 있어서 다행이란 생각도 들고, 또 한편으로는 아이를 너무 과잉보호했다는 자각도 생기고."

"부모가 자식을 보호하는 건 당연한 일이죠. 그걸 누가 뭐라고 할 수 있겠습니까."

말을 하고 나니 영빈도 부모의 소중함을 알 필요가 있겠다는 생각이 들었다. 영리한 아이니 결핍을 만들어 주면 금방 깨달을 터였다.

"전에 말씀하셨던 자율형 사립고 있죠? 경기도 쪽에 있다는."

"물론 아이가 홀로 서는 모습을 멀리서 응원하는 것도 훌륭한 교육의 방법이죠. 왜 자기 새끼를 절벽에서 떨어뜨린다는 사자 얘기도 있지 않습니까. 영빈이처럼 똑똑한 아이는 수준에 맞는 친구들과 공부를 해야 실력도 더 오르니까요."

입에 걸려 나오던 말이 바로 바뀌었다. 너무 느물거려 오히려 담백할 정도의 인간이었다. 백 퍼센트 기숙사로 운영되는 학교라 입학을 하게 되면 질 나쁜 친구들과도 떨어뜨릴 수 있고, 더해서 오태완의 말처럼 최상위권 학생들과 경쟁을 하다 보면 자연스레 성적도 더 좋아질 것이다. 물론 매일 볼 수 없다는 사실은 가슴 아팠지만 얻는 게 있으면 내주는 것도 있는 게 세상의 이치였다.

"한번 알아봐 주시겠어요?"

"알아보고 말고도 없어요. 영빈이 성적이면 자기소개서랑 추천서 한 장이면 바로 입학이죠. 물론 경쟁률이 워낙 높아 성의는 조금 필요하겠지만요."

성의라고 말하는 오태완의 짙은 눈썹이 꿈틀거렸다. 아이를 잘 키울 수 있다면 돈의 액수는 중요하지 않았다. 다행히 현정에게는 돈이 있었다. 핸드백을 여는데 항상 가지고 다니던 손수건이 보이지 않았다.

"무슨 일이십니까."

오태완이 옆을 힐끗 보더니 물었다. 정말 뱀처럼 눈치가 빠른 남자였다.

"손수건을 두고 왔네요. 아끼는 건데."

"차 돌릴까요."

다시 그 집에 들어가야 한다는 게 영 내키지 않았다.

"됐어요. 겨우 손수건인데. 버린 셈 치죠."

방송에서 박선용은 누구도 원망하지 않는다고 말했다. 그는 당시 현정에게 받은 오백만 원으로 컴퓨터를 사서 본격적으로 게임을 하게 되었다. 이제까지 유래가 알려지지 않았던 'Re:bORN500'이라는 닉네임에는 오백만 원을 받은 날부터 다시 태어났다는 의미가 담겨 있다고 밝혔다. 더해서 중학교를 자퇴했기 때문에 군대까지 면제였다. 보통 십 대 후반부터 커리어를 시작해 이십 대 초중반에 전성기가 찾아오는 직업의 특성상 군복무로 인한 경력의 단절이 없다는 건 커다란 메리트였다. 덕분에 박선용은 십 년이 넘는 긴 시간을 최고의 프로게이머로 살 수 있었고, 이 부분에 있어서는 오히려 가해자에게 고마운 생각까지 있다고 말했다.

문제는 대중이었다. 오랫동안 배우 생활을 한 현정은 그들에 대해 잘 알고 있었다. 연기와 실재를 혼동하는 사람들. 그들은 쉽게 공감하고, 그보다 더 쉽게 분노했으며 자기 마음대로 생각했다. 더 너무한 건 도저히 예측할 수 없

으며 무서울 정도로 일관적이지 않다는 점이었다. 이번에
는 박선용이 결과적으로는 오히려 좋았다고 말하며 씁쓸하
게 웃는 모습이 분노를 키우는 불쏘시개 역할을 했다. 드
라마에서 시청자들의 눈물샘을 자극하는 장면은 불치병을
숨기고 애써 화내며 이별을 고하는 장면인 것과 비슷한 이
치였다.

사람들은 결과가 중요한 게 아니라며 난리를 쳐댔다. 결
과가 중요하지 않다면 뭐가 중요한 걸까. 과정? 과정을 따
져 봐도 별반 달라질 건 없었다. 괴롭힘을 당한 아이에게
현정이 돈을 건네는 과정이 없었다면 지금의 프로게이머
박선용은 존재하지 않았을 테니까. 어떤 방향으로 생각하
건 모두가 잘된 일이었다. 그런데 왜 당사자도 아닌 사람
들이 나서서 난리를 칠까? 도무지 이해가 가지 않았다. 저
런 사람들 때문에 돈이면 다 되는 썩은 나라가 됐다는 말도
어이가 없었다. 그럼 무엇으로 보상한단 말이지? 진실로
사과하는 마음 같은 게 눈에 보이나? 정말 부조리는 알량
한 사과의 말 몇 마디와 조금만 집중하면 흘릴 수 있는 눈
물 같은 걸로 때우는, 어떠한 보상도 돌아오지 않는 사회
가 아닌가? 저런 댓글을 쓰는 사람들은 대가 없는 봉사만

하며 사는 건가. 박선용의 집을 찾았을 때 그냥 모른 척했으면 아무 일도 일어나지 않았을 텐데, 얄팍한 동정심으로 주지 않아도 될 돈을 건넨 게 화근이었다.

7

차고에 차를 세우고 마당으로 들어서니 개집 앞에 나와 꼬리를 흔들고 있는 달림의 모습이 보였다. 잠을 자다 깼는지 눈을 반쯤만 뜬 채였다.

"달림아, 형 왔어."

영빈은 개 앞에 무릎을 굽혀 앉았다. 달림이 영빈의 뺨에 코를 비볐다. 갈색 콜리종의 커다란 개를 끌어안자 따뜻함이 가장 먼저 느껴졌다. 목덜미에 귀를 갖다 대니 심장박동과 함께 숨을 몰아쉬는 소리가 들려왔다. 기분이 좋다는 증거였다. 오늘 처음으로 듣는 위로가 되는 소리였다. 사람들이 개를 키우는 이유였다. 눈물이 날 것 같다는 생각에 영빈은 개를 더 꼭 끌어안았다. 영빈이 당사자로 지목되었다는 점을 제외하면 글에 적힌 추리 과정에는 특별히 어긋나는 점이 없었다. 가장 결정적인 단서는 지나가듯 말한 '걔네 엄마가 당시 인기 있던 드라마에 주인공 엄마 역할로 나오던 연기자'라는 말이었다.

"아들?"

뒤를 돌아보니 현관 앞에 엄마가 서 있었다. 실크 재질의 잠옷 위에 짙은 회색 카디건을 걸친 채였다.

"저 왔어요."

"늦은 밤에 갑자기."

연기를 하듯 하품을 한 그녀가 말했다. 잠에서 막 깨어 바로 나온 듯 보이는 모습이었지만, 아마도 차고 문이 열리는 소리를 들은 순간부터 머리를 묶고, 어울릴만한 카디건을 고른 후에 거울로 매무새를 확인하고, 타이밍 맞게 문을 열고 나왔을 것이다. 어디까지가 연기이고 진심인지 알 수 없는 사람. 유현정 여사는 그런 사람이었다.

"그냥요."

"무슨 일 있니? 엄마하고 와인 한잔할까."

"좋아요."

횟집에서 마신 소주 때문에 머리가 조금 아팠지만 고개를 끄덕였다.

4인용 테이블 가운데에 놓인 둥그런 크리스털 접시에는 견과류와 치즈가 담겨 있었고, 와인 한 병과 와인 잔 두 개가 완벽한 대칭으로 마주 보고 세팅되어 있었다.

"아들, 얼굴이 빨간데 혹시 술 마셨니? 와인 말고 차 마실까."

"오늘 교수님 봤어요. 주례 때문에."

"너 그럼 설마, 술 마시고 운전한 거야?"

배우 특유의 발성에서부터 나오는 쩌렁쩌렁한 목소리에 테이블에 놓인 와인 잔이 흔들리는 듯한 착각이 들었다.

"술은 조금밖에 안 마셨어요."

말을 해놓고 보니 정말로 술은 거의 마시지 않았다는 생각이 들었다. 그냥 갑자기 터진 일들 때문에 정신이 없어 살짝 실수를 했을 뿐이다.

"모임에서 무슨 일 있었니?"

어디서부터 어떻게 이야기해야 할까 판단이 서지 않았다. 박선용에 따르면 그에게 오백만 원을 건넨 사람은 눈앞에 있는 엄마였다.

"엄마, 저를 세하고에 보낸 이유가 뭐예요?"

세하고는 영빈이 졸업한 자립형사립고등학교의 이름이

었다. 질문을 들은 그녀가 와인을 한 모금 마시고 슬쩍 웃음을 지었다.

"그야 담임선생님이 권하기도 했고, 네가 능력이 됐으니까 그렇지."

"제가 엄청 싫어했잖아요."

"나라고 우리 핸섬한 아드님하고 떨어져서 지내는 게 쉬웠겠어? 자식이 좋다는 일만 시켜서 어떻게 좋은 부모가 되겠니."

그녀가 짐짓 너스레를 떨며 슬쩍 웃어 보였다. 지금이 타이밍이었다. 여기서 주저하면 유현정 여사는 저 미소 아래 모든 걸 감출 사람이었다.

"박선용이라는 애 때문이 아니고요?"

"박선용? 그게 누구니."

단 한 순간의 머뭇거림도 없이 되묻는 말이 돌아왔다. 그건 이미 벌어질 일을 예상한, 그러니까 대본을 숙지하고 되물을 준비가 되어 있는 사람의 반응이었다. 보통이라면 눈치채지 못하고 넘어갔겠지만 연기자인 엄마와 삼십 년을 살아온 영빈의 눈을 속일 수는 없었다.

"왜 그러신 거예요?"

한동안 무표정한 얼굴로 영빈을 바라보던 엄마가 눈을 두어 번 깜빡이고는 입을 열었다.

"좋은 엄마, 아들 하기가 그렇게 힘드니?"

중년 탤런트들이 일반인 자녀의 일상을 관찰하며 얘기하는 예능 프로그램의 출연을 거절한 뒤 엄마가 항상 입에 달고 사는 말이었다.

"결혼 문제만 해도 그래."

잠시 숨을 고른 그녀가 다시 말했다.

"그 얘기는 그만하기로 했잖아요."

"엄마는 정말 그 집이 마음에 안 든단 말이야. 천박해."

그녀가 마치 떼를 쓰는 아이처럼 말했다. 따지고 보면 영빈의 집도 편모가정에 딴따라 집안이긴 마찬가지였다.

"결혼 문제는 제가 알아서 해요."

"일만 터지면 이렇게 쪼르르 달려오면서 뭘 알아서 한다는 거야."

반박을 하려다 입을 다물고 그녀를 바라보았다. 말의 내용으로 보이 그녀는 이비 부슨 일이 일어났는지 알고 있었다. 눈이 마주치자 그녀가 고개를 돌렸다.

"정말 제가 한 일이 맞아요?"

영문을 모르겠다는 듯 그녀가 다시 고개를 돌려 영빈을 바라보았다. 모든 정황들이 자신을 가리키고 있었지만, 정작 영빈은 문제가 된 중학교 시절이 전혀 기억이 나지 않았다. 어느 중학교를 다녔고, 건물이 산 중턱에 지어져 있어 교문에서부터 학교까지 올라가느라 힘이 들었던 건 기억이 났다. 기억이라기보다는 정보에 가까운 사실들이었다.

"얘기해 주세요."

"그때 걔를 괴롭힌 애들이 너뿐만이 아니었어. 그중에서 책임을 진 집은 우리뿐이었고."

"책임이란 게 오백만 원이에요?"

말이 책임이었지 그저 돈 오백으로 모든 일을 덮었을 뿐이었다.

"그럼 어떻게 할까. 내가 네 팔뚝을 똑같이 지지기라도 했어야 했니? 나는 내 아들을 보호하려고 했을 뿐이야."

이야기를 이어갈수록 할 말이 떨어질 수밖에 없었다. 영빈은 엄마가 저지른 부정의 일방적인 수혜자일 뿐이었다. 그리고 누가 뭐라 해도 이 일에서 가장 잘못한 사람은 가해자인 영빈 자신이었다.

"그런 식으로 편법을 쓰니까 지금 이렇게 돌아오는 거잖아요."

"나는 내 아들을 보호하려고 했을 뿐이야. 안 그랬으면 네가 지금 이렇게 살 수 있었을 거 같니?"

결국 말문이 막혔다. 물론 그녀가 말하는 보호의 범위에는 유현정 여사 자신까지 포함되어 있겠지만, 거기에 대고 할 수 있는 말은 없었다. 처음부터 영빈이 한 짓 때문에 일어난 일이었다. 어찌 보면 그녀 역시 피해자였다.

"제가 잘못한 일이잖아요."

"누가 뭘 잘못했다는 거야. 엄마는 정말 이해를 할 수가 없네. 그건 실수였을 뿐이야. 생각을 해봐. 그 일에서 잘못된 사람이 누가 있니? 우리는 그 아이한테 기회를 준 거야."

간사한 말이었다. 같은 '잘못'이라는 단어를 사용하고 있었지만 '잘못'한 사람과 '잘못'된 사람은 엄연히 다른 의미였다. 진짜 잘못은 실수라는 말로 교묘하게 포장되고 있었다. 영빈은 그런 말들에 속으면 얼마나 안락한지 알고 있었다. 하지만 모르고 속으면 멍청한 인간이 되었고, 알면서도 속으면 비열한 인간이 될 뿐이었다. 양쪽 모두 마음에 들지 않았다.

"너 초등학교 때 기억나니? 그때는 이혼한 여자가 흔하지 않기도 했고. 엄마가 맡은 배역까지 그래서 학교에서 놀림받았잖아. 그런데 작품 끝나고 어떻게 됐니? 모든 사람들이 너처럼 똑똑한 건 아니야. 오히려 대부분 멍청한 쪽에 가까워. 그런 건 시간이 조금만 지나면 모두 잊어버리는 일이야."

특별히 도덕적이거나 똑똑해서가 아니었다. 다른 누군가처럼 멍청한 인간도, 비열한 인간도 되고 싶지 않을 뿐이었다. 영빈이 가장 혐오하는 부류의 인간들이었다.

"제가 괴롭혔다면서요."

"지금까지 잘 살았잖아. 왜 이제 와서 그러는 거야?"

가장 듣기 싫었던 말이 엄마의 입을 통해 나왔다. 잊었다고 해서 잘못이 없어지지는 않았다.

"몰랐으니까요. 지금이라도 바로 잡아야죠."

"영빈아, 이제 와서 그런다고 뭐가 달라지는데."

"제 마음이 달라지잖아요."

모르는 척하고 찝찝한 마음으로 살아갈 수는 없었다. 영빈의 세계 속에서 가장 중요한 건 자기 자신이었다. 영빈은 그저 자신에게 결백하고 싶을 뿐이었다.

8

카페 문을 열고 들어서자 멀끔한 정장 차림의 기남이 손을 들어 아는 체를 했다.

"왔네. 마셔. 그거 좋아하잖아."

테이블에 미리 주문해 놓은 라테를 보며 다희는 기남을 만난 지 오 초 만에 벌써 숨이 막힌다는 느낌을 받았다. 용건만 간단히 하고 얼른 자리를 피하고 싶었다.

"무슨 일이에요."

"임용 합격했다며 축하해."

다희의 질문에도 기남은 미리 프로그래밍 된 로봇처럼 자신의 말민 이어 갈 뿐이었다. 바로 이런 부분이 문제였다.

"오빠, 저 한가하게 근황이나 떠들려고 나온 거 아니에요."

"우리 되게 오랜만에 봤는데."

실망한 기남이 고개를 슬쩍 숙이며 중얼거리듯 말했다. 모든 잘못을 앞에 있는 사람에게 전가하는 듯한 제스처였다. 다희는 속으로 숫자를 세었다. 열을 셀 동안 그의 입에서 아무 말도 나오지 않으면 그대로 일어날 작정이었다.

"임영빈 요즘 뭐 달라진 거 없어?"

여섯, 일곱까지 세었을 때 기남이 옆에 놓아두었던 서류 가방에서 태블릿을 꺼내 다희 앞에 내밀며 물었다. 태블릿에는 인터넷 창이 하나 띄워져 있었다.

"이게 뭐예요."

"내가 생각하기에는 거기 가해자가 아마 임영빈 같아."

가해자라는 표현이 거슬렸다. 다희가 알고 있는 영빈은 누군가를 해코지할 사람이 아니었다. 다희는 무심하게 스크롤을 내렸다. 그의 말대로 눈 부분이 모자이크된 영빈의 사진이 나왔다. 연애 초반에 졸라서 받아낸, 그녀의 지갑에 넣어둔 것과 같은 사진이었다. 얼굴로 피가 몰리며 뜨거워지기 시작했다. 끝까지 읽고 싶지 않았지만 손가락은 저절로 스크롤을 내리고 있었다.

"나도 이런저런 루트로 알아봤는데 아마 맞는 거 같아."

배기남은 의뭉스럽고 집요한데 소심하기까지 한 사람이었다. 그런 그가 결혼식 사회를 거절하고 이곳까지 찾아온 걸 보면 아주 근거 없는 이야기는 아닌 모양이었다. 무엇보다도 흐트러진 모습을 보이고 싶지 않다는 생각이 가장 먼저 들었다.

"이유가 뭐예요."

"글쎄, 나도 잘은 모르겠지만. 아마 영빈이가……."

질문을 오해했는지 기남이 엉뚱한 대답을 하려고 했다.

"제 말은 굳이 여기까지 찾아와서 이걸 저한테 보여주시는 이유가 뭐냐고요."

공격적인 말에 기남이 영문을 모르겠다는 듯 눈을 깜빡였다.

"나는, 너도 알아야 할 거 같아서."

"카톡이나 문자로 해도 되는 얘기를 왜 굳이 직접 오셨냐는 거예요."

"나는 네가 합격했는데 축하도 못 해줬고…… 그런데 너 왜 갑자기 존댓말을 해, 사람 섭섭하게."

소리를 지르고 싶온 걸 가까스로 참았다. 대화를 할수록 피곤해지는 사람이었다. 더 화가 나는 건 그의 소극적인 태도 때문에 자꾸만 자신이 나쁜 사람처럼 느껴진다는 것이었다.

"이걸 영빈 오빠도 알아요?"

반말이고 존댓말이고가 중요한 게 아니었다. 기남이 대답을 하지 않고 가만히 다희를 바라보았다. 뭘 보냐는 말이 목구멍까지 걸렸지만 가까스로 참아냈다.

"너 되게 많이 변했구나."

그 말을 듣는 순간 눈가 쪽으로 모든 신경이 몰려들었다. 사람은 화가 치밀면 눈물이 날 수도 있다는 사실을 다희는 알게 되었다. 눈 안쪽에서 수도꼭지를 틀어놓은 듯 눈물이 그야말로 줄줄 새고 있었다. 그대로 일어서서 나가고 싶었지만 그마저도 쉽지 않았다. 눈물이 앞을 가린다는 말은 비유적인 표현이 아니었다.

"다희야, 진정하고. 일단 내가 미안해. 응?"

사과를 하는 그의 목소리가 심하게 떨리고 있었다. 소리를 지르고 싶은 충동을 가까스로 억누르며, 다희는 자리에서 일어나 화장실로 뛰어들어 갔다.

다희는 예감에 강한 편이었다. 술집 문을 열고 들어오는 남자를 보았을 때부터 다희는 그가 임영빈이라는 사실을 알았다.

"인사해. 여기는 영빈이야. 나랑 제일 친한 친구. 이쪽은 다희. 지금은 졸업하고 임용 준비하고 있어. 나랑 친한 동생이야."

자리에서 일어난 기남이 테이블로 다가온 영빈의 어깨에 손을 얹으며 소개했다. 다희는 자리에 앉은 채 고개만 숙여 인사했다.

"기남 오빠한테 하도 이야기를 들어서 원래 알고 있던 사이 같네요."

"저는 어떻게 이야기를 한 번도 못 들었네요. 임영빈입니다."

예의 바른 듯했지만 어딘가 까칠함이 느껴지는 인사였다.

"얘가 내 친구 중에 가장 바른 사람이거든? 근데 이상하게 봉사 같은 건 안 한다."

대학생 연합 봉사 동아리에서 만났다는 이유로 기남은 다희가 봉사에 관심이 많다고 착각하고 있었다. 또래의 남자 대학생들과 교류할 수 있다는 친구의 말에 호기심이 동해 가입을 했을 뿐이었다. 여대 안에서 그런 기회는 흔치 않았다. 물론 봉사 실적 역시 취업 활동을 생각하면 중요했다.

"이유가 있어요?"

다희가 임영빈을 보며 물었다.

"이유라기보다는, 봉사라는 게 마음에서 우러나와 하는 거잖아요. 그런데 어느 순간 제가 짜증을 내면 어떻게 하지 걱정이 들어서요. 그럼 그건 위선이 되니까."

가벼운 질문이었지만 그는 맥주잔을 잡고 있던 손을 떼고 잠시 생각을 한 후에 입을 열었다. 인상적인 모습이었다.

"그런데 두 분은 어떤 사이세요?"

영빈이 물었다. 질문을 들으며 다희는 그와는 어떤 형태로건 인연이 생길 거라고 예감했다. 기남이 어떤 대답이 나올까 기대하는 눈빛으로 이쪽을 바라보았다. 다희는 입을 다물었다. 섣부르게 대답하면 오해를 할 수도 있었다. 덕분에 잠시 침묵이 흘렀다.

"그냥 가끔 이렇게 술 마시는 친한 오빠 동생이야."

맥이 빠진다는 듯 기남이 나직하게 대답했다. 공부를 하다 보면 가끔 내용들이 머릿속에 들어오지 못하고 자꾸 튕

겨 나가며 체한 듯한 느낌이 들 때가 있었다. 특별히 즐기는 편은 아니었지만 그럴 때는 유난히 술 생각이 나곤 했다. 정확히는 술집 특유의 그 시끌벅적한 분위기가 필요했다. 고시촌의 잠재적 경쟁자들이 술을 마시며 희희낙락하는 모습을 보면 마음이 편해졌다.

기남은 그럴 때 부르기 좋은 사람이었다. 자신은 정말 다른 남자들과는 다르다고, 친한 오빠 동생으로 지내고 싶다고 어필하는 사람. 일주일에 한두 번씩 '야 뭐하냐?'라고 딴에는 털털한 척 메시지를 보내는 남자. 어쩌면 가장 담백하지 못한 부류들이었지만 적어도 어떻게 해볼 틈만 노리는 고시촌의 사람들보다는 훨씬 안전했다. 요즘 들어 그는 부쩍 자주 문자를 보냈으며, 예고도 없이 불쑥 독서실 앞에 찾아와서는 캔 커피나 무릎 담요 같은 선물들을 건네고는 했다. 이런 건 부담스럽다고 말하기에는 간소하지만, 무턱대고 받기에도 애매한, 그야말로 사랑보다 멀고 우정보다는 가까운 소품들. 몹시 안 좋은 징후였다. 관계를 정리해야 할 시간이 다가오고 있었다. 기남이 술자리에 뜬금없이 임영빈을 부른 이유도 아마 다희의 이러한 의중을 눈치챘기 때문일 거라는 생각이 들었다. 관계성의 확장을 통

해 관계 자체를 끊기 애매하게 만들려는 얄팍한 심산. 건
너편 테이블에서 왁자지껄하게 건배를 하는 소리가 들려왔
다.

"그런데 착하다는 게 구체적으로 어떻게 착하다는 거예
요?"

다희가 임영빈을 보며 물었다. 그가 어깨를 으쓱하며 옆
에 앉은 기남을 바라보았다.

"착하다기보다는 바른 사람이지. 얘가 키도 크고 얼굴도
잘생겨서 신입생 때 학생회에서 눈독을 들였거든. 근데 딱
두 달 만에 잘렸어."

맥주를 한 모금 마신 기남이 말했다.

"잘린 게 아니라, 내가 그만둔 거라니까."

"우리 학교는 오월에 체육대회를 하는데 학생회에서 애
들 연습할 때 먹을 간식이랑 음료수 같은 걸 사러 가야 했
단 말이야. 이제 짐을 들어야 하니까 남자들 몇 명이 부회
장하고 같이 갔는데, 거기서 부회장이 고생하니까 먹고 싶
은 아이스크림도 하나씩 고르라고 한 거야. 그리고 이걸
공금 카드로 계산을 했어. 원래 학생회라고 해봐야 떨어지
는 것도 없고, 그런 게 재미잖아. 그런데 이 미친놈이 거기

에 대고 왜 공금을 가지고 이렇게 쓰냐고, 사적 유용 아니냐고 시비 걸어서 결국 학생회서 잘렸잖아."

이야기를 듣던 임영빈이 미간을 찌푸렸다.

"시비를 건 게 아니라 나는 물어본 거야. 이렇게 쓰는 돈이 맞나 해서."

"근데, 그 정도는 관례 아닌가요? 누구나 하잖아요?"

"학생회비잖아요. 학생들이 낸 돈인데, 그렇게 허투루 쓰면 안 되는 돈이죠. 학생회는 엄연히 봉사직이고."

"얘 진짜 또라이지? 보통 그런 건 알고 있어도 대놓고 따지지는 못하는데."

그렇게 말하며 웃는 기남의 모습은 무척 즐거워 보였다. 다희는 고개를 돌려 영빈을 바라보았다. 그는 여전히 이해가 안 간다는 듯 눈살을 찌푸리고 있었다. 또라이라기보다는 꽤나 고지식한 사람이라는 생각이 들었다.

혀가 잔뜩 꼬부라진 기남이 자꾸 2차를 가자며 고집을 피웠다. 함께 몇 번 술을 마셨지만 그런 모습은 처음이었다. 영빈이 기남을 옆에서 부축하며 앞서 걸었고, 다희는 뒤를 따랐다. 기남은 입으로는 자꾸 더 마시자고 고집을 피우면서도 그가 이끄는 대로 순순히 따르고 있었다. 큰길로 나온 영빈이 손을 들어 택시를 세웠다. 같이 타고 갈 거라고 생각했는데, 그는 의외로 기남만 차에 태워 보냈다.

"어디 가서 한잔 더 하죠. 아직 괜찮으시죠?"

택시 문을 닫고 다희의 앞으로 걸어온 영빈이 물었다. 가로등 불빛 아래에서 말을 하는 그의 모습은 스포트라이트를 받은 배우처럼 보였다. 그의 말대로 신이 난 기남이 혼자 과음을 해 거의 취하지 않은 참이었다.

"둘이서요?"

"네."

선선하게 고개를 끄덕이는 그의 모습을 보니 문득 장난기가 발동했다.

"왜요?"

"관심 있어서요."

예상치 못한 직설적인 대답이 돌아왔다. 오히려 물어본 쪽이 민망할 정도였다. 방금 차를 타고 간 기남 역시 다희에게 관심이 있다는 사실을 모르는 게 아닐까 생각이 들었다.

"오늘밤에 기회가 없을 거 같아서요. 전 아직 아무 말도 못 들었거든요."

조금 망설이는 기색을 보이자 그가 말을 덧붙였다. 그 역시 기남의 마음에 대해서 잘 알고 있는 눈치였다. 그걸 알면서도 그런 말을 한다는 게 뻔뻔해 보였지만, 한편으로는 흥미를 돋우기도 했다.

"착하다고 하지 않았어요?"

"사람들이 자주 착각하는데, 착한 거하고 멍청한 거 하고는 다르죠. 착한지는 모르겠지만 제가 기회를 걷어찰 정도로 멍청한 사람은 아니거든요."

말을 듣고 있으니 적어도 멍청한 짓은 하지 않을 사람이라는 생각이 들었다. 그건 연인이 될 사람을 고르는 데 있어서 중요한 덕목이었고, 다른 부분들을 더 알아봐도 괜찮을 성싶었다.

"가죠."

흔쾌히 고개를 끄덕이며 말했다. 다희는 한 번도 그 결정에 대해 후회를 해본 적이 없었다. 당연하지만 그 이후로 배기남과는 어색한 사이가 되었다.

"좀 괜찮아?"

화장실에서 얼굴을 닦고 나와 자리에 앉는 다희를 보며

기남이 물었다. 괜찮다는 뜻으로 고개를 끄덕여 보였다.

"영빈 오빠도 이걸 알아요?"

"아마 그럴 거야. 지난주에 교수님하고 만났을 때 무슨 일이 있었던 모양이더라."

그날의 이상했던 통화를 기억해 냈다. 어떻게 해야 할까 판단이 서지 않았다. 자존심이 센 영빈이 이 일에 대해 자신에게 얘기할 리는 없었다. 그렇다고 먼저 말을 꺼내면 화를 낼 것이 분명했다.

"그래서 사회도 안 하겠다고 하신 거예요?"

"이건 처음으로 이야기하는 건데, 나 사실 고등학교 때 살짝 따돌림을 당했었거든. 이 사람처럼 심하지는 않았는데. 그래도 알고 나니까 도저히 걔를 볼 수가 없더라."

뜬금없는 정보가 튀어나왔다. 굳이 알고 싶지 않은, 부담스러운 사실이었다. 왜 이런 이야기를 자신이 처음 들어야 하는지 이해가 가지 않았다. 이런 경우에는 도대체 어떻게 반응해야 할까. 차라리 고백이라도 들었다면 거절하면 그만일 텐데. 또다시 울고 싶어졌다. 다희는 결국 대답을 찾지 못하고 앞에 놓여 있던 라테로 입을 막았다. 미지근하게 식은 라테에서 우유 비린내가 났다.

"그땐, 내가 지금 하고는 많이 달랐거든."

기남이 눈을 깜빡이며 덧붙여 말했다. 달라진 건 그가 아니라 주변의 사람들이 아닐까 하는 생각이 들었다.

"그런가요."

"너는 괜찮아?"

"네?"

"곧 발령이잖아. 이런 소문 학교에 퍼지면 곤란해질 거 같은데."

우습게도 다희는 그제야 자신이 발령을 앞둔 교사라는 사실을 깨달았다. 중학교 교사의 남편이 중학생 시절 왕따 가해자라는 내용은 시비를 걸면 얼마든지 문제가 될 수 있었다. 게다가 이미 영빈은 물론이고, 자신의 신상까지 어느 정도 노출이 된 상태였다. 교사 자리에 꿈이 있거나 사명감이 있지는 않았지만, 꼬박 삼 년이라는 시간을 투자해 이룬 성취였으며, 앞으로 삼십 년이 넘게 보장된 자리였다. 그 시간들을 없던 일로 되돌릴 수는 없었다. 무엇보다도 임용을 준비한다는 걸 뻔히 알면서 이런 사실을 감추고 있던 영빈에게 화가 났다.

9

　사무실에 출근해 자신의 자리에 앉은 영빈은 위화감을 느꼈다. 버스에서 까무룩 잠이 들었다가 깨어 보니 종점에 도착해 있을 때처럼 완전히 다른 세계에 떨어진 기분이었다. 생각을 해보니 지하 주차장에 차를 세우고 엘리베이터를 타고 올라와 자리에 앉을 때까지 아무도 그에게 인사를 하지 않았다. 평소라면 사무실에 들어섰을 때 입구 바로 왼편에 마련된 책상에 앉아 있는 인턴 직원이 인사를 건네고, 그 소리에 화답하듯 먼저 출근한 동료 직원들이 하나둘 파티션 위로 고개를 내밀며 인사를 했어야 했다. 안 좋은 예감에 컴퓨터를 켰다. 바탕화면 아래에 최소화되어 있는 사내 메신저가 주황색으로 점멸하고 있었다.

　[3번 회의실로.]

팀장의 메시지였다. 자리에서 일어나 천천히 좌우를 살폈다. 직원들 누구도 고개를 들어 영빈을 쳐다보거나 하지 않았다. 파티션 아래쪽으로 머리통들만 검은 눈알처럼 가만히 영빈을 바라보고 있을 뿐이었다. 키보드 두드리는 흔한 소리조차 들리지 않는 정적이었다.

모두가 알고 있다.

인지한 순간 온몸의 털이 곤두서며 몸이 떨려왔다.

회의실 문을 노크하자 별다른 반응 없이 헛기침 소리만 들려왔다. 들어오라는 뜻으로 알고 문을 열었다. 12인용 테이블에서 입구를 바라보고 있는 안쪽 자리에 팀장이 앉아 있었다.

"아, 임영빈 씨."

흔한 인사도 없이 팀장이 직급이 아닌 이름으로 불렀다. 영빈은 그에게 고개를 숙여 인사하고 자리에 앉았다.

"내가 녹음을 해도 되겠지?"

지리에 앉자마자 팀장이 말했다.

"네?"

승낙의 뜻이 아니었지만 팀장은 테이블 위에 있던 휴대
폰의 붉은색 버튼을 터치했다.

"요즘은 거의 자차로 출근을 한다지?"

"네."

영문을 알 수 없는 질문이었다.

"왜?"

절대 먼저 용건을 꺼내는 법 없이 질문으로 대화를 이어
가는 그에게는 지옥의 스핑크스라는 별명이 붙어 있었다.
피하려고 해봐야 이야기만 길어질 뿐이겠다는 판단이 섰다.

"이미 아시겠지만 인터넷에 저에 대한 비방의 글이 퍼지
고 있습니다."

대답을 들은 팀장이 팔짱을 끼며 몸을 의자에 기댔다. 불
특정 다수의 사람들이 자신에 대한 비방글을 읽었다는 사
실을 인지한 이후부터 영빈은 대중교통을 이용하는 데 어
려움을 느꼈다. 언제라도 그들로부터 공격을 당할 수도 있
다는 생각 때문이었다.

"그 말들이 사실인가."

팀장이 영빈의 눈빛을 살피며 물었다.

"아닙니다."

고개를 저으며 대답했다.

"그래…… 그래요. 우리야 임영빈 씨가 그런 사람이 아니란 걸 믿지만, 어떤 사람들은 그렇지 않은 모양이야. 그쵸?"

팀장이 책상 위에 있던 휴대폰을 영빈에게 내밀었다. 휴대폰에 떠 있는 사진을 본 영빈은 깜짝 놀라 자리에서 벌떡 일어났다. 그 바람에 의자가 뒤로 넘어갔지만 회의실 바닥에 깔린 두터운 쥐색 카펫 덕분에 별다른 소리는 나지 않았다. 왼쪽 뺨에 화상자국이 있어 흉측해 보이는 모습의 남자가 피켓을 든 모습이 찍힌 사진이었다. 검정색 피켓에는 붉은색 글씨로 '학교 폭력 가해자인 임○○가 다니는 회사. 검색 요망.'이라는 문구가 적혀 있었다. 그래서 어쩌란 건지 의도를 알 수 없었다.

"자꾸 이런 사람이 회사 앞에 나타나면 입장이 곤란해지지 않겠어요. 경비가 몇 번이나 만류를 했지만, 오히려 그쪽에서 고소를 하겠다는 모양이야. 듣자 하니 일인 시위는 불법이 아니라고 하던데. 이걸 시위라고 해야 하나?"

영빈의 급작스러운 행동에 아랑곳하지 않고 팀장은 말을 이어 나갔다. 뒷목이 빳빳하게 뭉쳐왔다. 계산이 서지 않았다.

"죄송합니다."

어쨌거나 회사에 피해를 끼쳤다는 생각에 허리를 숙여 사과했다.

"나한테 죄송할 건 아니고. 사람이 어릴 때 실수할 수도 있지. 우선은 며칠 쉬면서 일을 좀 수월하게 처리하는 편이 어떻겠어요?"

'실수'라는 말이 돌아왔다. 이미 영빈이 가해자라는 전제였다. 몸을 숙여 의자를 다시 일으켜 세웠다.

"휴가 처리는 해뒀어요."

막 자리에 다시 앉으려는데 팀장이 말했다. 영빈은 고개를 들어 팀장을 바라보았다.

"그게 무슨 소립니까?"

"말했잖습니까. 가서 수습을 하고 오라고요. 이런 말이 더 나오지 않게. 방법까지 제가 일러줘야 합니까? 마무리할 일 있으면 하고, 이대로 퇴근해도 괜찮습니다."

날카롭게 벼려진 말이 돌아왔다. 평소에도 중언부언하는 걸 참지 못하는 사람이었다. 잠자코 인사를 하고 밖으로 나왔다.

과연 팀장의 말대로 남자는 인도에 서서 회사 건물을 바라보고 서 있었다. 영빈은 그를 향해 걸어갔다. 화난 표정일 거라고 생각했던 남자의 얼굴은 의외로 평온해 보였다. 늘어지게 하품을 하던 그가 다가오는 영빈을 발견하고 웃었다. 누군가 다리미로 짓이긴 듯한 왼쪽 뺨의 화상자국 때문에 반만 웃고 있는 듯 보이는 기괴한 얼굴이었다. 어디선가 타는 냄새가 나는 듯한 착각이 들었다.

"당신 뭡니까."

"오, 진짜 잘생겼네."

신기해하며 자신을 살피는 남자의 모습을 보자 화가 치밀었다.

"이게 뭐 하는 짓이냐고요."

영빈이 소리쳤다.

"나의 자유를 누리고 있지."

놀리는 듯 빙글거리는 말투였다. 참지 못하고 남자의 멱살을 잡았다.

"당신 뭐야."

"네가 곤란해지기를 바라는 사람이지, 나는."

그렇게 말한 남자가 마치 영빈은 안중에도 없다는 듯 고

116

개를 좌우로 돌려 주변을 둘러보았다. 몇몇 사람들이 길에 멈춰 서서 두 사람을 바라보고 있었다.

"찍으세요. 찍어요. 이 사람입니다."

남자가 사람들을 향해 손을 들어 보이며 말했다. 그의 말 대로 곤란한 상황이 되었다. 영빈은 퍼뜩 놀라며 멱살을 잡고 있던 손을 놓았다. 여전히 사람들이 영빈을 바라보고 있었다. 시선을 의식하니 몸이 떨려오기 시작했다. 귀 안 쪽에서부터 들려오는 심장소리가 마치 누군가 빠르게 다가 오는 발소리 같았다. 숨을 아무리 들이마셔도 폐까지 도달 하지 못하고 목 근처에서 깔딱대다가 도로 튀어나왔다. 영 빈은 남자로부터 뒷걸음질을 쳤다.

핸들에 머리를 박고 한참을 헐떡거린 뒤에야 겨우 정신 을 차릴 수 있었다. 자신과는 아무런 일면식도 없는 사람 의 순수한 악의를 목격하는 일은 두려웠다. 이 일이 해결 되지 않는 이상 언제라도 벌어질 수 있는 일이었다. 어떻 게든 매듭을 지어야만 했다. 그때 휴대폰이 울렸다. 다희 로부터의 전화였다. 불길한 예감을 억누르며 영빈은 전화 를 받았다.

2부

1

임영빈. 발신자 표시에 뜬 네 이름을 보자 심장이 격렬하게 뛰며 살아 있다는 신호를 보내기 시작한다. 절망적이다. 나는 어째서 살아 있는 걸까. 아니, 애초에 왜 태어난 걸까. 생각할 시간이 없다. 삼 초 이내로 전화를 받아야만 한다.

"아슬아슬했어."

전화를 받자마자 네 목소리가 들려온다.

"미안해."

반사적으로 사과의 말이 나온다.

"야, 박선용. 너 뭐 잘못했어?"

내 이름을 부르는 네 목소리는 가라앉아 있다. 언제나 그렇듯 또 내가 심기를 건드린 모양이다. 몸이 얼어붙는다.

"어?"

"미안하다며. 뭔가 잘못했으니까 미안한 거 아냐."

"그런 게 아니고. 습관적으로."

변명을 하며 나도 모르게 자리에서 일어난다. 순간 현기증이 인다. 심장박동에 맞춰 좁은 방이 일렁인다. 긴장 때문에 헛구역질이 올라온다.

"네가 자꾸 이러니까 나만 나쁜 놈이 되잖아. 내가 억울하겠어, 안 억울하겠어?"

"미, 미안해."

"미안하다고 하지 말고 대답을 해."

"어?"

"너 내 말 안 듣냐?"

다시 화가 난 목소리가 돌아온다. 무슨 대답을 하라는 건지 갈피가 잡히지 않는다. 눈앞이 흐려진다. 나는 또 뭘 잘못했지.

"미안해."

"너 머리가 나빠? 아니면 내가 우스워? 안 되겠다. 오늘은 그냥 넘어가려고 했는데."

좁은 골목길을 뛰어 내려간다. 길 한쪽에 늘어선 주황색

가로등 불빛이 빠르게 나를 지나친다. 언제 전화가 올지 몰라 전전긍긍하기보다는 네 전화를 받고 이렇게 달려가는 시간이 차라리 낫다. 마음이 편하다. 어처구니없게도 웃음이 난다. 너를 보고 나면 적어도 내일까지는 미치지 않고 잠을 잘 수 있겠지. 나는 발걸음을 재촉한다. 숨이 차지 않는다.

손을 뻗으면 닿을 거리에 네가 서 있다. 나는 반사적으로 고개를 숙인다. 바닥의 모양이 이상하다. 그 생각에 반응하듯 그제까지 회색 찰흙 같던 발밑에 인조석 바닥이 생겨난다. 고개를 들어 보니 네 뒤로 녹색 칠판이 형태를 갖추며 배경을 완성해 간다. 실내임에도 칠판 위에 붙은 태극기가 펄럭인다. 깜짝 놀라 주위를 둘러보니 교실 안이다.

"어딜 보는 거야. 여긴 아무도 안 와."

너는 어느새 의자에 앉아 나를 노려보고 있다. 이건 꿈이다.

"미안해."

꿈속에서도 나는 사과를 한다. 정말 구제 불능이다.

"너는 진짜 구제 불능 쓰레기네. 그러니까 네 엄마가 너를 버렸지."

마치 생각을 읽은 듯 네가 말한다. 너와 나를 제외하고는 아무도 없는 교실 안에서 킥킥거리며 비웃는 소리가 들려온다. 귀를 막고 싶지만 몸이 굳어 움직이지 않는다. 창밖에 걸려 있던 해가 빠르게 떨어지며 생긴 노을이 교실 안을 붉게 물들인다.

"미안해."

고장 난 인형처럼 같은 말을 반복한다. 그러지 않았으면 좋겠지만, 내가 너를 똑바로 바라본다.

"시작도 안 했는데 뭘 그만하란 거야? 눈 안 깔아?"

"지금 보니까 학생한테 더 필요한 거 같네."

소리가 난 쪽으로 고개를 돌려보니 네 엄마가 복도 측 창문에서 얼굴을 내밀고 웃고 있다. 무슨 잘못을 해도 용서해 줄 거 같은 인자한 미소. 눈이 마주치자 그녀의 목이 점점 길어지며 얼굴이 창문을 통해 교실 안으로 들어온다.

"영빈이 엄마예요."

뱀처럼 갈라진 혀를 날름거리며 네 엄마가 말한다. 그 기묘하게 아름다운 얼굴에서 눈이 떨어지지 않는다. 도망치고 싶다.

"사람이 말하는데 자꾸 딴 데를 보고 있어."

동시에 날아오는 네 발길질에 복부를 걷어차인 내가 바닥을 뒹군다. 바닥이 들썩이며 이불처럼 몸을 휘감는다. 몸이 무겁다. 숨이 막힌다.

"이러는 이유가 뭐야."

한참을 콜록거린 후에야 내가 묻는다.

"이유가 있어야 해? 일단 꿇어. 여기 너 도와줄 사람 아무도 없어."

알고 있다. 세상에 나를 도와줄 사람 같은 건 없다. 나는 자리에서 일어나 무릎을 꿇는다. 그녀의 모습은 어느새 사라져 보이지 않는다.

네가 나에게 다가온다. 걸음을 옮길 때마다 바닥에서 먼지가 피어오른다. 네가 뒤꿈치를 나의 허벅지 위에 올리고 지그시 누르기 시작한다. 고통 때문에 입에서 침이 흘러나온다. 입가에 매달려 있던 침방울이 늘어지며 네 신발 위로 떨어진다.

"더러워서 같이 못 놀겠네."

흥분할 거라 생각했지만 의외로 너는 조용히 뇌까린다. 그 담담함이 더 심장을 얼어붙게 한다. 네가 주머니에 손을 넣는다. 다음에 뭐가 기다리고 있는지 잘 알고 있다.

"좋은 생각이 났어."

정말로 좋은 생각이 났다는 듯 네가 웃는다. 어째선지 겁에 질려 커다랗게 뜬 눈으로 너를 바라보고 있는 나의 모습이 보인다. 너의 주머니에서 붉은색 담뱃갑이 나온다. 도망치고 싶지만 몸이 움직이지 않는다. 담배를 한 개비 입에 문 네가 라이터를 당기자 강렬한 빛이 눈앞에서 번쩍인다.

정신을 차려보니 어느새 장소는 처음으로 결승전을 치렀던 경기장으로 바뀌어 있다.

"너 게임 좋아하잖아."

그 말과 함께 시야 아래쪽에서부터 어둠이 차오르며 내 위로만 핀 조명이 떨어진다. 관중석이 있는 방향에서부터 수많은 시선이 느껴진다.

"내가 이 담뱃불을 네 팔에 갖다 댈 거야. 소리를 내면 네가 지는 *거고*, 소리를 내지 않으면 내 패배야. 간단하지?"

어둠 속에서 목소리가 들려온다. 내가 고개를 끄덕인다. 그때는 이게 어쩌면 기회라고 생각했다. 증거를 남길 수 있는 기회. 멍청한 생각이었지만, 어쨌거나 기회가 되긴 했다. 네가 다가오는 발소리가 귓가에 울린다.

"그런데, 네 엄마는 널 버리면서 재활용 쓰레기라고 생각했을까, 일반 쓰레기라고 생각했을까."

그 말과 함께 조명 안으로 네가 들어온다. 관중석에서부터 너를 응원하는 함성이 들려온다. 그들 모두가 나의 패배를 바라고 있다. 네가 내 얼굴을 향해 담배 연기를 내뿜는다. 뒷걸음질을 치는 나의 팔목을 네가 거세게 움켜쥔다.

"살려줘."

"누가 널 죽인댔어? 이건 게임이라고."

손이 발작적으로 떨린다. 담뱃불이 팔목 안쪽을 향해 천천히 다가온다. 불꽃이 피부에 닿는 순간 손에 쥐고 있던 핸드폰을 바닥에 떨어뜨린다.

"선용아, 전화 좀 받아라."

할머니의 고함 소리에 주변을 둘러보니 다시 시궁창 같은 방 안이다. 그때 지진처럼 바닥이 흔들린다. 나는 고개를 숙인다. 핸드폰이 울리고 있다. 그리고 어김없이 발신자 표시에는 네 이름이 떠 있다. 삼 초 내에 받아야만 한다. 다시 시작이다.

그때는 모든 게 꿈이기를 바랐는데, 정작 이 꿈에서는 어떻게 빠져나가지?

2

구독자 수가 두 달째 별다른 이유 없이 떨어지고 있었다. 아직 걱정할 수치는 아니었지만 어쩌면 그게 가장 위험한 징조였다. 신규 유입이 줄 때부터 눈치를 채고 있었지만 열심히 하다 보면 나아지겠거니 안일하게 생각한 게 잘못이었다. 사람들이 방송을 점점 재미없게 받아들이고 있었다.

어쩌면 예견된 일이었다. 객관적으로 선용은 재미있는, 바꿔 말해 끼가 있는 사람은 아니었다. 더해서 방송의 방향 역시도 자극적이기보다는 편안하고 일상적인 방송을 추구했다. 민우는 그런 채널들이 어떻게 되는지 잘 알고 있었다. 대부분은 한동안 구독자 수가 줄다가 어느 정도 안정된 선에서 연착륙했지만 최악의 경우라면 손익이 맞지 않아 공중분해 되었다. 그게 싫어 무리하게 자극적인 콘텐츠를 지향하다가는 구설수에 올라 기존에 있던 구독자들마저 잃어버리기 일쑤였다. 고급 레스토랑에서 갑자기 불닭발을 판매할 수는 없는 법이었다. 그게 박선용처럼, 소위 순한 맛 방송을 추구하는 인터넷 방송인들이 가진 딜레마였다.

그럼에도 이 년이나 상승세를 유지할 수 있었던 건, 프로게이머로서는 세계에서 유일한 압도적인 커리어와, 주에 다섯 번 여덟 시간씩 꾸준하게 방송하는 성실한 성격, 그리고 타고난 체력 덕분이었다. 하지만 그마저도 이제 약발이 떨어지고 있었다. 이미 돌아선 사람들을 다시 잡아 오기는 쉽지 않았다. 구독을 끊기 전에 미리 선수를 쳐야만 했다. 더해서 새로운 구독자의 유입을 만들어 낼 수만 있다면 일석이조였다. 문득 인기척을 느껴 뒤를 돌아보니 선용이 침대머리에 등을 기댄 채 앉아 폰을 바라보고 있었다. 아마도 검색엔진에 자신의 이름을 써넣고 있을 터였다.

"잘 잤어요?"

"응, 꿈도 없이 잘 잤네."

말은 그렇게 하지만 어두운 표정을 보니 또 악몽을 꾼 것이 분명했다.

"일어났으면 말하죠. 밥 먹게."

"바빠 보여서. 뭐가 안 좋아?"

그가 폰에서 눈을 떼며 물었다.

"네? 왜요?"

"자꾸 모니터 보면서 음, 음 거려서."

"그게, 구독자 수가 줄고 있네요."

괜한 걱정을 끼치는 게 아닐까 잠시 망설이다 민우는 입을 열었다. 혼자 해결할 수 있는 문제도 아니었고, 어차피 언젠가는 알아야 할 사실이었다.

"얼마나?"

침대를 빠져나온 선용이 민우의 옆에 섰다.

"아니 뭐, 심각하진 않은데. 저번 달부터."

"방송 시간을 늘려볼까?"

짐짓 풀이 죽은 목소리로 그가 물었다. 무심해 보이는 대외적 이미지와는 다르게 선용은 꽤나 인기에 연연하는 사람이다.

"여기서 더 길어지면 오히려 텐션만 떨어져요."

"그럼 어떻게 해."

선용이 의자를 끌어와 옆에 앉으며 물었다. 방법이야 여러 가지였다. 다른 유명 게이머나 방송인을 불러와 합동 방송을 진행하거나, 술이나 음식을 먹으며 선수 시절에 있었던 이런저런 에피소드를 풀거나, 그도 아니라면 시청자와 함께하는 콘텐츠를 진행하는 방법도 있었다. 뭐가 되었든 기존과 조금만 다른 방향으로 진행하면 사람들의 관심은 모이기 마련이었다. 하지만 모두 임시방편에 불과했다. 이 년이면 이미 구독자는 포화 상태에 다다랐다고 할 수 있었다. 여기서 연착륙하지 않으려면 아예 새로운 타깃을 확보하는 편이 좋았다.

"형, 그거 해보죠. 전에 얘기한 거."

"응?"

미처 의미를 파악하지 못한 듯 선용이 반문했다. 민우는 고개를 숙여 선용의 오른쪽 팔뚝을 바라보았다. 팔목 안쪽에는 담뱃불로 지진 흉터 세 개가 일렬로 늘어져 있었다. 그제야 뜻을 알아챈 듯 그가 아랫입술을 뒤집었다. 고민을 하거나 망설일 때 나오는 특유의 표정이었다. 구독자는 충분하니 이대로도 나쁘지는 않았다.

"내키지 않으면 괜찮아요. 여기서 조금 더 빠지고 나면 안정세로 접어들 거니까."

"확실히 사람이 늘어날까?"

"우리가 처음 들어올 때도 그랬지만 이제는 완전 레드 오션이에요. 기존 시청자들 가지고 서로 파이 나눠 먹기 하는 거죠. 인터넷 방송하는 사람들이 왜 자꾸 공중파 예능 같은 데 나가겠어요. 그 시간에 방송하는 게 더 많이 버는데. 기존에 잡히지 않던 새로운 유입을 만들려고 하는 거예요. 제 생각도 같아요. 이슈 몰이를 해서 새로운 파이를 만들자는 거예요. 형이 방송을 하는 줄 미처 몰랐던 사람들이나, 이쪽 플랫폼에 아예 관심이 없었던 사람들을 끌어오는 거죠."

민우는 손가락을 낚싯바늘처럼 구부려 모니터를 툭툭 건드리며 밀했다. 선용이 혼란스러운 듯 눈을 깜빡이며 미묘한 표정으로 민우를 바라보았다. 자신이 오른 모든 결승전에서 승리를 한 리본의 걱정스러운 표정, 세상에서 오로지 민우만이 알고 있는 모습이었다.

"저 어디 안 가니까 그런 표정 짓지 말아요."

그는 두려워하는 방식으로 애정을 드러내는 사람이었다.

"미안."

선용이 입술 끝을 올리며 소리 없이 미소를 지었다. 민우
는 잠자코 그의 허리에 팔을 둘렀다. 이번에는 조금 다른
표정으로 그가 민우를 바라보았다.

"왜요?"

"사람들이 과연 믿어줄까?"

"그건 저쪽도 마찬가지예요."

이미 너무 오래전 일이었고, 제대로 된 증거 같은 건 없
다. 결국 이건 사람들이 누구 말을 더 믿느냐의 싸움이었
다. 그리고 나아가서는 얼마나 많은 사람들의 관심을 끄느
냐의 문제이기도 했다.

"그럼, 걔를 다시 만나야 하는 거지?"

어깨에 고개를 파묻고 말하는 통에 목소리가 마치 몸 안
에서 울리는 듯했다. 민우는 선용의 등을 위아래로 쓸어주
었다.

"걱정 마세요. 이번에는 제가 있으니까."

"나중에 문제 되면 어떻게 하지. 사람들이 싫어하는 거
아냐?"

선용이 고개를 뒤로 빼고 민우의 눈을 바라보며 물었다.

"형, 제가 형한테 문제가 되면 하자고 하겠어요? 문제가 되면 그 새끼한테 문제가 되겠죠. 걱정하지 마세요."

"말도 예쁘게 하네."

선용이 민우의 귓가에 속삭이듯 말했다. 귓불에 수염이 닿아 간질거렸다. 민우는 손가락을 세워 선용의 뒤통수를 쓰다듬어 주었다. 그가 좋아하는 방식이었다.

"아마 끝나고 나면 다시는 악몽 같은 것도 꾸지 않을 거예요."

"정말 그럴까?"

짐짓 걱정스러운 목소리로 그가 물었다.

"그럼요. 조만간 술 먹방 세팅부터 할게요."

이미 가해자인 임영빈에 대한 정보는 충분히 확보하고 있었다. 남은 건 그저 조그맣게 눈덩이를 뭉쳐 비탈길에 가만히 놓으면 알아서 굴러가며 커지는, 그런 쉬운 일이었다.

"그래."

한참 만에야 대답이 돌아왔다. 경기장에 나서기 직전 항상 그렇듯 약간의 긴장감이 묻어 있는 음성이었다.

3

대각선 건너편에 앉은 젊은 남자가 휴대폰을 든 채 자꾸만 이쪽을 흘깃거리고 있었다. 스스로도 과민 반응이라는 걸 알면서도 영빈은 모자를 더 깊게 눌러썼다. 누군가의 시선이 느껴지면 저절로 나오는 새로운 버릇이었다. 박선용 측에서 약속 장소로 프랜차이즈 카페를 제시한 탓이었다. 사과를 하는 주제에 이것저것 따질 수 있는 입장은 아니었다. 마침 음료가 준비됐다는 진동 벨이 울렸다. 영빈은 자리에서 일어나며 다시 눈치를 살폈다. 음료를 받아 자리에 돌아와 앉을 때까지 건너편 남자는 무심한 표정으로 휴대폰만 바라볼 뿐 영빈에게 시선 한 번 던지지 않았다. 역시나 과민 반응이었다.

이틀 전 회사 앞에서 발작을 겪은 후부터 휴대폰을 들고 있는 사람과 눈만 마주쳐도 온몸에 과도하게 힘이 들어갔다. 머릿속에 저절로 그들이 남기고 있을 댓글들이 떠올랐다. 주변에 알려서 아주 좆되게 만들어야 한다느니, 저런 새끼 팔뚝도 똑같이 지져버려야 한다느니, 동네에서 마주치면 뻔뻔한 얼굴을 그어버리겠다느니 하는 댓글들은 괜찮았다. 하지만 중학교 선생이라는 와이프도 똑같은 년이네, 엄마가 탤런트라던데 누구지, 저런 새끼들도 지 새끼 낳으면 남 괴롭히지 말고 착하게 살라고 가르치겠지, 같이 주변과 관련되어 있거나 아직 오지 않은 미래에 대한 댓글들을 읽으면 숨이 막혀왔다.

"임영빈 씨 맞으시죠."

부르는 소리에 고개를 들어보니 멀끔한 셔츠 차림의 남자가 테이블 앞에 서 있었다. 화면을 통해 보았던 박선용과는 분명 다른 사람이었다.

"누구시죠."

혹시나 하는 생각에 의자를 조금 뒤로 빼고 두 손을 테이블 위로 올리며 물었다.

"권민우라고 합니다. 선용이 형 편집자요."

"편집자요?"

"뭐, 그냥 매니저라고 생각하시면 됩니다."

남자가 영빈의 건너편에 앉으며 말했다. 매니저라는 직업에 대해서라면 잘 알고 있었다. 그가 대신 모습을 드러냈다는 것은 박선용의 신상에 무슨 일이 생겼거나 혹은 위협을 느끼고 있다는 뜻이었다.

"형이 낯을 가리기도 하고, 아무래도 좀 겁이 나나 봐요. 보통은 위층 스튜디오에서 보는데 이게 평범한 미팅 자리는 아니니까요."

이해는 갔지만 의심을 받고 있다는 생각에 기분이 좋지 않았다. 메일을 통해 사과를 하고 싶다는 의사를 분명히 밝힌 참이었다. 남자가 들고 있던 진동 벨이 울렸다.

"잠시만."

그는 자리에 앉으려다 말고 카페 카운터로 걸어갔다. 돌아오는 그의 손에 들린 트레이에는 음료 두 잔이 놓여 있었다.

"아, 저는 괜찮습니다."

영빈이 테이블에 있던 자신의 잔을 들어 보이며 말했다. 남자는 영빈의 말에도 아랑곳하지 않고 주머니에서 휴대폰을 꺼냈다. 이 정도로 깔끔하게 무시를 당하니 오히려 상쾌한 기분이 들었다.

"예, 형. 왔어요. 내려오시면 될 거 같아요. 아뇨, 혼자 왔어요."

힐끗거리는 남자의 시선을 받으며 어지간히도 의심을 받고 있다는 생각에 되레 웃음이 나왔다. 전화를 끊은 남자가 자리에 선 채 영빈을 내려다보았다.

"재밌어요?"

"아뇨, 저는 그냥 너무 경계하신다는 생각이 들어서. 기분 나쁘셨다면 죄송합니다."

"재밌는 분이시네."

남자가 불쾌함을 감추지 않고 말했다. 차가운 반응에 뒤통수 근처가 빳빳하게 뭉쳐왔다. 영빈은 침착하게 말을 골랐다.

"이해합니다."

"임영빈 씨."

"네?"

"이해는 그쪽이 아니라, 우리가 하는 거예요."

선명한 적의가 느껴지는 말이었다. 영빈은 한차례 몸을 떨었다. 그때 건물 내부로 통하는 카페 뒷문이 열리며 박선용이 들어왔다. 조그마한 얼굴에 걸쳐진 크고 동그란 안경과 턱에 가득한 수염은 멀리서도 한눈에 알아볼 정도였다.

"형, 여기예요."

남자가 손을 들어 그를 불렀다. 박선용이 테이블 쪽으로 다가오며 어색하게 손을 반쯤 들었다가 영빈과 눈을 마주치자 도로 내렸다. 마른 몸 때문에 걸음을 옮길 때마다 펑퍼짐한 바지와 오버사이즈 긴팔 티셔츠가 몸을 휘감는 듯한 착시를 일으켰다. 그가 다가오는 모습을 보니 갑자기 속이 울렁거렸다.

"음료 시켜놨어요."

"고마워. 민우야, 너도 이제 올라가 봐."

"저 저쪽에 있을게요."

앉아 있는 영빈은 신경 쓰지 않고 두 사람이 대화를 이어 갔다. 스피커를 통해 듣던 것과는 다르게 박선용의 목소리는 좀 더 미성이었고, 말투 역시 사근사근했다.

"오늘까지 광고 영상 올려야 하잖아. 나 괜찮으니까 가서 그거 해."

"정말 괜찮아요?"

두 사람이 한동안 서로의 눈을 바라보고 있었다. 영빈은 묘한 기류를 감지했다. 박선용이 천천히 고개를 끄덕였다.

"알았어요. 무슨 일 있으면 연락하세요."

테이블 위에 있던 음료 하나를 집은 남자가 잠시 영빈을 바라보다가 돌아서 나갔다. 완전히 위험인물로 낙인찍혀 있었다. 박선용은 자리에 선 채 남자가 카페 뒷문을 열고 나가는 모습을 눈으로 배웅한 후에야 테이블 쪽으로 몸을 돌렸다. 영빈은 반사적으로 고개를 숙여 시선을 피했다. 모자챙 때문에 시야가 가려지며 박선용의 목 아래쪽만 볼 수 있었다.

"저기 내가 그쪽에 앉아도 돼? 내가 등 뒤에 사람이 지나다니면 불안하거든."

말을 하는 박선용의 목소리가 가늘게 떨리고 있었다. 대답 대신 자리에서 일어나는데 순간적으로 눈이 마주쳤다. 두 사람은 동시에 고개를 숙였다. 문득 누가 더 겁먹은 눈을 하고 있을지 궁금했다.

"메일 받고 깜짝 놀랐어."

잠시 시간을 가지자는 다희의 연락을 받고 돌아와 바로 보낸 메일이었다. 직장 생활, 인간관계 더해서 결혼문제까지. 박선용의 방송을 기점으로 영빈의 삶은 통째로 흔들렸다. 바로잡기 위해서는 우선 박선용의 입에서 이 일에 대한 언급이 더는 나오지 않아야 했다.

"사과를 하고 싶어서 왔어."

"무슨 사과?"

날이 선 반문이 돌아왔다. 영빈은 고개를 들었다. 박선용이 눈을 깜빡이며 영빈을 바라보고 있었다.

"내가 너한테 했던 일들 말이야."

"나는 너 원망하지 않아."

목소리의 톤이 살짝 높아져 있었다. 정말일까? 자리에 앉은 순간부터 박선용은 자신의 앞에 놓인 음료에 한 번도 손을 가져가지 않았다.

"정말 미안해."

"그러지 마. 정말. 나한테 미안해하지 마."

바로 그때 박선용의 시선이 영빈의 뒤편으로 향했다. 섬 찟한 기분에 뒤를 돌아보니 처음 카페에 들어왔을 때부터 영빈을 유심히 살피던 남자가 서 있었다. 가까이서 보니 기껏해야 갓 스무 살이 넘은 듯 앳되어 보이는 얼굴이었다. 박선용을 본 남자가 자리에 멈춰 머뭇거렸다.

"리본 맞죠. 리본 오백."

맑은 물에 스포이트로 잉크 한 방울을 떨어뜨린 듯 박선용의 얼굴에 서서히 미소가 번졌다. 순간적으로 마치 다른 인격을 뒤집어쓰는 듯한 변화. 대중에 노출되는 직업을 가진 엄마와 함께 살고 있는 영빈에게는 익숙한 모습이었다. 남자가 주머니에서 휴대폰을 꺼내며 그의 옆에 섰다.

"오, 대박 씨발. 앗, 죄송합니다. 형, 제가 형 존나 팬이예요."

"예, 고맙습니다."

그런 사람들이 얼마나 성가신지 잘 알고 있었다. 받아주기 시작하면 끝이 없고, 그렇다고 냉정하게 밀어냈다가는 싸가지가 없다느니, 팬서비스가 좋지 않다느니, 안 좋은 소문이 퍼지기 십상이었다.

"형, 마우스 뭐 쓰세요."

"저는 로지텍이요."

"모델명이요."

"그건 저도 잘. 그냥 협찬받은 거 써서."

박선용이 뒤통수를 긁적이며 대답했다.

"역시 장비가 중요한 게 아니다. 그죠?"

시원찮은 대답에 남자가 오히려 흥분을 했다. 대화가 길어질 기미였다. 이럴 때는 주변에서 말려주어야 부드럽게 넘어갈 수 있었다.

"저기, 저희가 지금 중요한 회의 중이라서요."

결국 영빈이 나섰다.

"사진 한 장만 찍어도 돼요?"

영빈 쪽을 바라보지도 않고 남자가 휴대폰을 흔들며 말했다. 박선용이 고개를 끄덕이며 자리에서 일어났다. 남자가 박선용의 어깨에 팔을 걸치고 다른 손으로 휴대폰을 들어 셀피를 찍었다.

"형, 진짜 제가 사랑하는 거 알죠?"

"그럼요. 고맙습니다."

어째 오늘은 내내 무시만 당하고 있었다. 결국 영빈은 자리에서 일어났다. 박선용이 깜짝 놀라며 뒤로 한 발짝 물러섰다.

"저희가 지금 중요한 얘기 중이었으니까 사진 다 찍었으면 그만 가주세요."

남자가 입을 다물고 굳은 표정으로 고개를 돌려 영빈을 바라보았다. 분명 게시물을 본 사람이라는 예감이 머리를 스치자 그대로 몸이 굳었다.

"저 아저씨 알아요."

말투에서부터 눈동자에까지 또렷한 적의가 서려 있었다.
왜 나는 아저씨고, 쟤는 형일까. 뜬금없지만 그런 의문이
가장 먼저 들었다.

"저 괜찮으니까 가보셔도 돼요."

박선용이 먼저 나서서 남자를 말렸다.

"정말요? 정말 괜찮으신 거 맞아요?"

두 사람을 번갈아 보던 남자가 걱정이 된다는 투로 물었
다.

"괜찮아요. 가서 일 보세요."

"형, 그럼 마지막으로 저 게임 잘하라고 손 좀 잡아주세
요. 제가 진짜 존나 사랑해요. 알죠?"

결국 박선용이 손을 잡아준 후에야 남자가 돌아갔다. 마
치 안수기도라도 하는 듯한 모습이었다.

"나를 보러온 사람한테 왜 네가 오라 가라 하는 거야?"

박선용이 화를 내며 말했지만 영빈의 눈에는 카페를 빠
져나가는 남자만 눈에 들어왔다. 그가 완전히 시야에서 사
라지고 나서야 뻣뻣하게 굳어 있던 몸에 힘이 빠져나갔다.

영빈은 쓰러지듯 자리에 앉아 두 손으로 얼굴을 가리고 테이블에 엎드렸다. 들이마신 숨이 폐에 닿지 못하고 자꾸만 목구멍 주변에서 걸려 도로 튀어나왔다. 이걸로 두 번째 발작이었다.

"되게 의외네."

겨우 호흡을 가라앉힌 영빈을 향해 박선용이 말했다.

"네가 방송을 한 이후로 내 삶은 완전히 망가졌어. 회사 생활은 물론이고, 여자 친구와의 관계도 파탄 나기 직전이야."

"그래서 어쩌라고?"

뜻밖의 대답이 돌아왔다. 공격적인 태도에 영빈은 아무 말도 못 하고 박선용을 바라보았다. 그의 얼굴이 붉어져 있었다.

"회사 일도, 약혼녀 일도 나보고 어쩌라는 거야? 사과를 하러 온 사람은 너잖아."

자신도 모르게 튀어나온 말이었고, 그런 뜻이 아니었다. 오해를 풀고 싶은데 이 감정, 감정? 생각? 느낌? 을 어떻게 표현해야 할지 알 수 없었다. 살면서 처음으로 도달하는 어떤 상태였다.

"너 울어?"

박선용의 물음에 영빈은 반사적으로 뺨에 손을 가져갔다. 정말로 눈물이 나고 있었다. 영빈은 두 손으로 얼굴을 가리고, 소리를 내지 않기 위해 아랫입술을 깨물었다. 어떻게 멈춰야 하는지 알 수 없었다. 눈앞이 어두웠다.

"눈을 감고, 코로 숨을 깊게 들이쉬어 봐. 깊게. 그리고 입으로 천천히 내쉬어."

그의 말대로 하자 정말로 서서히 눈물이 그쳤다. 영빈은 얼굴을 가리고 있던 두 손을 천천히 내렸다. 박선용이 무표정으로 이쪽을 바라보고 있었다. 영빈은 그 시선으로부터 고개를 돌렸다.

"왜 우는 거야?"

마치 네가 울면 안 된다는 듯한 말투였다. 입장을 바꿔 생각해 보면 확실히 어이가 없을 만한 상황이었다.

"미안해."

그런 말만 입에 올릴 수 있을 뿐이었다.

"뭐가 미안한데? 지금 이 상황이? 네가 나한테 한 짓이? 아니면."

뒤에 이어질 말을 기다렸지만 박선용은 입을 다물어버렸

다. 한시라도 빨리 자리를 벗어나고 싶었다.

"내가 어떻게 하면 용서해 줄래?"

영빈의 말에 그의 입에서 헛웃음이 터져 나왔다.

"뭔가 착각하는 거 아냐?"

"어?"

"사과하고 용서는 다른 거야. 사과는 네가 하는 거고, 용서는 내가 하는 거지. 그런데 넌 제대로 사과도 하지 않고 이렇게 쉽게 용서를 구한다고?"

영빈은 자신이 너무 쉽게 생각했음을 깨달았다. 사과를 하면 용서를 해줄 거라고 생각하는 건 착각이었다. 어쩌면 박선용은 애초에 사과를 받아줄, 그러니까 용서를 해줄 생각이 없을 수도 있었다. 사과와 용서 사이에는 등가교환이 성립될 수 없으며, 이건 전적으로 그의 호의에 기대야만 하는 문제였다. 어떻게든 그의 마음을 돌려야만 했다.

"나는 사실 기억이 나지 않아."

몇 번의 망설임 끝에 결국 고백했다. 모든 걸 소상하게 밝힌 후에 이해를 구해야겠다는 생각이었다.

"뭐라고?"

순간 박선용이 행동을 멈추고 영빈을 바라보며 물었다.

어쩌면 가장 먼저 이야기를 했어야만 하는 부분이었다.

"너를 괴롭혔던 일들이 전혀 기억이 나지 않아."

영문을 모르겠다는 듯 박선용이 눈을 두어 번 깜빡이고 는 입을 다물었다.

"그럼 사과를 하러 온 게 아니었네."

한참 동안 침묵하던 박선용이 이전보다 가라앉은 목소리 로 천천히 말했다.

"나는 정말로 이 모든 일을 바로잡고 싶어서 온 거야."

"기억도 하지 못하는 일에 대해 어떻게 사과를 하는데? 너는 그냥 수습을 하려고 온 거네. 너희 엄마처럼."

"뭐라고?"

가족에 대한 언급에 저도 모르게 흥분하며 목소리를 높 였다. 눈을 마주친 박선용이 몸을 움찔거리는 바람에 의자 가 뒤로 끌리며 듣기 싫은 소리를 냈다. 영빈이 반사적으로 눈살을 찌푸리자, 박선용이 고개를 돌려 시선을 피했다.

"만약에 그런 일이 없었다면 너는 이렇게 나를 찾아왔을 까?"

한참 입을 다물고 있던 박선용이 왼손으로 자신의 오른 쪽 팔목을 매만지며 말했다. 방송을 통해 본 흉터가 있는 자리였다. 그때 테이블 위에 있던 휴대폰이 진동했다.

"이거 좀 봐야 할 거 같은데."

메시지를 확인한 박선용이 휴대폰을 영빈 쪽으로 밀어주었다. 휴대폰 화면 안에는 카페에 앉아 있는 두 사람의 모습이 찍힌 사진이 있었다. 사진 속에서 손가락으로 박선용을 가리키고 있는 영빈의 모습은 마치 혼을 내거나 무언가를 따지는 듯 보였다. 하필 앞에 있는 박선용이 고개를 숙인 채 두 손을 무릎 위로 모으고 있어 더 그럴듯했다. 사진이 찍힌 각도를 보니 방금 박선용과 악수까지 하고 간 남자가 올린 게시물이 분명했다. 제목은 '나 방금 카페서 리본만남 오옼ㅋㅋㅋㅋㅋ'였다.

친구 만나려고 카페에 왔는데 건너편에 어디서 많이 본 사람이 앉아 있더라.

어서 봤나 궁금해서 존나 생각하는데 갑자기 시발 리본 등판 엌ㅋㅋㅋㅋ

이때부터 존나 흥분함 ㅋㅋ

잘 보니까 리본 앞에 그 얼마 전에 올라왔던 가해자 새끼였음.

시불 난 내가 아는 사람인 줄 알았 ㅋㅋㅋㅋㅋㅋㅋㅋㅋㅋㅋ

씹새끼 존나 뺀질하게 생김. 딱 봐도 개양아치 그 자체.

분위기 심각해서 자세히 보니까 사이즈가 딱 이 새끼가 협박하고 있는 자리였음. ㅇ ㅇ

사진 보이지? 딱 저런 자세로 한 한 시간을 씨부리더라.

그래서 내가 가서 괜찮냐고 물어봤더니 리본느님이 괜찮다고 그냥 얘기하는 거라고.

오히려 나를 말리더라.

존내 착함 ㅠㅠㅠㅠㅠㅠㅠㅠ

그래서 사진 찍고, 손 한 번 잡고 왔다. 세례받았으니 이제 나도 승급 가능?

근데 이거 진짜 괜찮나? 경찰에 신고해야 하는 거 아닌가?

세 줄 요약

1. 카페에서 양아치 새끼가 리본좌 협박하는 거 목격.

2. 본인 가서 괜찮으냐고 물어보고 사진 찍음.

3. 근데 이거 경찰 신고각?

저 찢어 죽일 새끼 뻔뻔하게 두 눈 똑바로 뜨고 다니는 꼴 봐라. 게시물에 달린 첫 번째 댓글이었다. 아래로는 벌써 십여 개의 댓글이 실시간으로 달리고 있었다. 대부분은 영빈에 대해 욕을 하는 내용이었고, 개중에는 두 사람이 있는 카페 위치를 특정하는 사람들도 있었다. 그들은 실체가 없어서 더 무서웠다. 누구라도 영빈을 알아볼 수 있었으며, 어쩌면 모르는 사이에 위해를 가할 수도 있었다. 지하철을 기다리다가 영빈을 알아본 누군가가 선로 아래로 밀어버릴 수도 있었고, 주문한 음식에 약을 섞거나 할 수도 있었다. 방금 보았던 남자만 해도 조금만 나쁜 마음을 먹었다면 얼마든지 해코지를 할 수 있는 상황이었다. 고개를 들어보니 박선용이 휴대폰을 든 영빈의 손을 지그시 바라보고 있었다. 손이 가늘게 떨리고 있었다. 영빈은 테이블 밑으로 두 손을 감췄다.

"사과는 됐어. 기억도 못 하는 너한테 그런 거 받아봐야 무슨 의미가 있겠어. 대신 내가 제안을 하나 할게."

한참 영빈을 바라보던 박선용이 입을 열었다.

4

 예상보다 일찍 사과를 하고 싶다는 메일이 왔다. 정 안 되면 먼저 연락을 해보려고 했는데 다행한 일이었다. 생각보다 임영빈의 주변에는 그를 싫어하는 사람이 많은 듯했다. 약속 장소였던 일 층 카페에서 만난 그는 사진보다 훨씬 잘생긴 남자였다. 특히 탤런트인 모친을 빼다 박은 날렵한 턱선은 묘한 퇴폐미까지 느껴질 정도였다. 민우는 속으로 쾌재를 불렀다. 인터넷은 매혹적인 외모를 가졌다면 살인범에게도 팬클럽이 생기는 공간이었다. 이토록 잘생긴 사람이 왜 그런 짓을 저질렀을까? 모두가 궁금해할 것이다. 먼저 연락을 해서 여기까지 찾아온 걸 보면 상황이 녹록지 않게 굴러가고 있음이 분명했다. 이대로 조금만 더 컨트롤하면 그를 카메라 앞에 끌어다 앉힐 수 있으리라.

시선이 권력이다. 아무리 다루기 힘든 사람이라도 카메라 앞에만 데려오면 온순하게 만들 수 있었다. 아니, 그들은 대부분 자발적으로 온순한 양이 되었다. 두 사람을 카페에 남겨두고 오니 초조함 때문에 도무지 일이 손에 잡히지 않았다. 민우는 습관적으로 박선용의 팬카페에 접속했다. 자유 게시판에 최근 글로 게임 커뮤니티에 올라왔다는 목격담이 링크되어 있었다.

"이런, 미친."

링크를 타고 들어간 민우는 저도 모르게 탄성을 질렀다. 방금까지 일 층 카페에 있던 누군가가 작성한 글이었다. 왜 진작 이 생각을 못 했지? 이거라면 임영빈을 확실하게 압박할 수 있었다. 민우는 선용과 대기하고 있던 김건호에게 각각 메시지를 보냈다. 두 사람 모두 읽음 표시로 바뀌었다. 바로 김건호로부터 전화가 걸려 왔다.

"이거 어쩌라고요?"

미처 무슨 말을 하기도 전에 다짜고짜 질문이 튀어나왔다.

"그거 올린 사람한테 쪽지 한번 보내봐요."

"그냥 개찐따 같은데 왜요?"

"적당히 꾀어내서 같이 움직여 봐요. 그 왜 진짜 우연히 본 사람인 척하고."

"아, 나중에 걸리면 꼬리 자르려 그러시는구나?"

날카롭게 핵심을 찌르며 들어오는 그의 질문에 민우는 서늘함을 느꼈다. 반사적으로 그의 얼굴이 생각났다. 왼쪽 뺨에 얽은 흉터 때문에 좀처럼 표정을 읽을 수 없어 파악을 하기 힘든 인간이었다. 멍청한가 싶다가도 자신의 안위와 관련된 순간에는 섬뜩하리만치 감이 좋았다.

"혹시라도 형한테 피해가 없게 하려는 거예요."

"뭐, 일단 알겠어요."

선용의 이야기를 꺼내자 역시나 선선한 대답이 돌아왔다.

"신호 줄 때까지는 일단 지켜만 보세요."

만약에 선용이 방송 섭외를 실패했을 경우를 대비한 플랜이었다. 계획은 간단했다. 리본의 팬을 가장한 김건호가 이전처럼 임영빈에게 접근해 적당히 시비를 걸어 겁을 먹게 하면 되었다. 인터넷에 올라온 목격담에 이어 또 다른 압박까지 느끼게 되면 그는 분명히 제안을 수락할 것이다.

"그런데요."

통화를 마치려는데 다시 그의 목소리가 들려왔다.

"네?"

"이거 정말 리본이 시킨 거 맞아요?"

이제까지와는 다르게 말투에서 약간 사투리가 느껴졌다.

"그럼요."

"뭐, 그럼 알겠어요."

저쪽에서 먼저 전화를 끊었다. 이것으로 선용은 완벽하게 보호될 수 있었다. 인터넷을 통해 만난 사람들이 누군가에게 린치를 가하는 사건, 증오로 얼룩진 어긋난 팬심. 혹시 일이 틀어지더라도 언론은 저쪽에 더 입맛을 다실 것이다. 만에 하나 입금 내역이 확인된다 해도 안타까운 팬을 향한 박선용의 선의 혹은 책임감 정도로 포장할 수 있었다. 어쩌면 그 편이 더 좋은 그림이 될 수도 있었다.

도어록 버튼을 누르는 소리가 들려왔다. 선용이었다. 민우는 그를 맞이하기 위해 자리에서 일어나 현관문 쪽으로 향했다. 선용의 눈에는 붉은 기운이 감돌고 있었다. 또 마음이 약해진 걸까.

"민우야, 미안한데 우리 이거 안 하면 안 될까?"

"왜요? 무슨 일 있어요."

심상찮은 기운에 민우가 한 발짝 다가가며 물었다. 선용이 손을 들며 다가서려는 민우를 막았다. 무슨 일이 있던 것이 분명했다.

"나는 걔를 용서할 수 없을 거 같아."

질문을 던지고 나서 한참 만에야 선용이 민우의 눈을 똑바로 바라보며 말했다. 대답이라기보다는 굳은 결심처럼 느껴지는 말이었다. 문득 예전으로 돌아간 기분이 들었다. 선수 시절에도 선용은 항상 중요한 순간이 오면 가타부타 설명하지 않았다.

"네?"

"들었잖아. 일단 예정대로 하자. 그리고 넌, 내가 나올 때까지 방해하지 마."

그 말만 남기고 선용은 민우를 지나쳐 자신의 방으로 향했다. 민우는 몸을 돌려 걸어가는 그의 등을 바라보았다. 문이 닫히고, 잠시 후 안에서부터 때려 부수는 소리가 들려왔다. 이 역시 사람들은 거의 알지 못하는 프로게이머 리본의 모습이었다. 그렇게 방에 틀어박혀 있다가 다시 나올 때면 그는 언제나 생각지도 못한 전략을 마련하곤 했다. 많은 계획이 수정될 느낌이 들었다.

5

달콤한 냄새가 났다. 눈을 떠 보니 하얀색 천장이 가장 먼저 눈에 들어왔다. 고개를 숙이자 환자복을 입고 있는 몸뚱이가 보였다. 병실 안이었다. 사실을 인지하자 방금까지 달콤하다고 느꼈던 냄새가 코안으로 끈적끈적하게 들러붙으며 가벼운 구역질을 유발했다.

"가만있어. 만지지 마."

머리가 지끈거려 손을 드는데 옆에 앉아 있던 현정이 팔목을 잡으며 말했다. 다른 손으로 조심스럽게 만져보니 이마에 붕대가 감겨 있었다. 박선용을 만나고 돌아와 주차장에 차를 세웠었다. 인기척을 느꼈던가? 그 이후로는 기억이 나지 않았다. 머리의 통증과 붕대 그리고 병실. 정황상 누군가에게 린치를 당한 건 분명했다.

"엄마."

말을 하는 순간 몸이 떨려왔다. 무서웠다. 실제로 폭력에 노출됐다는 사실도 그랬지만, 언제라도 다시 일어날 수 있는 일이라는 사실이 무엇보다 두려웠다. 영빈은 몸을 돌려 엎드려 누우며 베개에 얼굴을 묻었다. 이번에는 운이 좋았던 걸 수도 있었다.

"혹시 술 마셨었니."

현정이 영빈의 등을 쓸어주며 물었다. 무언가 이상하게 돌아가고 있었다.

"무슨 소리예요?"

"그게 아니면 왜 계단에서 그렇게 굴러."

"지금 뭐 하시는 거예요?"

영빈은 침대에서 상반신을 일으키며 물었다.

"기억 안 나니."

천연덕스러운 얼굴로 되묻는 그녀의 얼굴을 멍하니 바라보았다.

"엄마한테는 도대체 뭐가 중요한 거예요."

그때까지 영빈을 똑바로 바라보던 그녀가 눈을 감고 한숨을 후 내쉬었다. 매우 귀찮은 일을 마주한 듯한 모습이었다.

"아들, 너는 엄마가 엄마를 위해서 이런다고 생각하니?"

또 시작이었다. 현정의 말들은 항상 남을 위하는 모양새를 취하곤 했지만, 결국 시간이 지나면 가장 이득을 보는 사람은 그녀 자신임이 밝혀지곤 했다.

"일이 커지면 가장 손해 볼 사람이 누구겠어? 엄마는 이제 은퇴할 나이야. 하지만 너는? 네가 여기서 무슨 조치를 취하면 그건 실수를 인정하는 거야. 먹이를 던져주는 거라고. 그럼 회사에서 너를 가만두겠어? 지금도 이런데. 앞으로 취직이나 제대로 할 수 있을 거 같아? 네 뒤에 평생 꼬리표가 따라붙어. 네가 반성을 하냐 안 하냐가 중요한 게 아냐. 그 사람들한테 너는 피해자가 아니라 그냥 당해도 싼 사람일 뿐이라고. 지금 중요한 건 끝까지 아닌 척하는 거야. 순간이야. 모르겠어? 이 순간만 지나면 결국 모두 잊어버려."

도박을 하고 자숙 기간을 가진 후에 복귀한 연예인, 음주운전으로 재판까지 받고 나서도 뻔뻔하게 얼굴을 비추는 정치인, 마약을 한 전적이 있음에도 차트를 휩쓰는 가수까지, 조금만 둘러봐도 그런 사례들은 얼마든지 찾아볼 수 있었다. 상황을 나아지게 만드는 건 반성의 여부가 아니었다. 아무도 거기에는 관심이 없었다. 심지어 박선용 역시 마찬가지였다. 결국 중요한 건 얼마나 효과적으로 사람들을 망각하게 만들 수 있는지 여부였다. 엄마의 말처럼 지나가기를 기다리며 조용히 감내하면 될까. 판단이 서지 않았다. 영빈에게는 혹여 자신의 판단이 잘못되었더라도 이후에 노력을 통해 충분히 좋은 판단으로 바꿀 수 있다는 자신감이 있었다. 하지만 이번에는 모든 게 자신의 손을 떠나있는 기분이었다. 살면서 처음으로 느껴보는 무력감이었다.

"복수가 하고 싶다면 그때 하면 되는 거야. 가장 차가울 때."

뒤따라 나오는 말에 영빈은 현정을 바라보았다. 그녀는 농담이 아니라는 듯 고개를 끄덕여 보였다.

"제 전화 어디 있어요."

현정이 한숨을 내쉬고는 자신의 핸드백에서 휴대폰을 꺼내 내밀었다. 액정의 한 귀퉁이가 깨져 거미줄처럼 금이 가 있었다. 버튼을 누르니 다행히 전원이 켜졌다. 누구에게도 온 연락이 없었다. 그리고 연락을 할 사람도 아무도 없었다. 기다렸다는 듯 알림음이 울렸다. 할인 소식을 알리는 배달 애플리케이션의 광고 메시지였다. 어쩌면 나는 잘못 산 게 아닐까? 생각이 들자 갑자기 청각이 예민해지며 수많은 소리들이 고막을 긁어댔다. 창밖에 지나다니는 버스 소리, 복도에서 들려오는 사람들의 대화, 옆에 앉은 현정이 핸드백 버클 부분을 만지작거리는 소리, 그리고 무엇보다도 코를 통해 오가는 자신의 숨소리까지. 모두 영빈 따위는 상관하지 않고 제멋대로 움직이고 있었다. 영빈은 정말 하찮은 인간이었다. 누군가 가슴 위에 커다란 돌덩이를 올려둔 듯 답답했다. 영빈은 베개에 얼굴을 파묻고 소리를 질렀다.

"얘가 왜 이래."

당황한 목소리를 들으니 웃음이 터졌다. 유현정 여사가 당황한 모습을 보다니. 어쩌면 그것이 이번 일의 유일한 수확이었다. 그런 생각을 하니 숨이 막혀왔다. 영빈은 주먹을 들어 자신의 허벅지를 힘껏 내려쳤다. 서너 번을 그렇게 하고 나서야 겨우 평정을 찾을 수 있었다.

겨우 정신을 차려보니 병실 문 앞에 서 있는 다희의 모습이 보였다. 그녀는 놀란 듯 눈을 동그랗게 뜨고 손으로 입을 막은 채 영빈을 바라보고 있었다.

"왔니."

현정이 다희를 보며 담담하게 말했다. 방문 사실을 미리 알고 있는 사람의 태도였다. 다희가 말없이 허리를 숙여 인사했다.

"엄마가 연락했어요?"

"그럼, 피앙세가 다쳤는데 당연히 연락을 해야지."

별스러울 것 없다는 듯 현정이 대답했다. 두 사람이 잠시 시간을 가지기로 했다는 사실을 알리지 않은 탓이었다. 아니, 알렸다고 해도 유현정 여사는 다희에게 전화를 했을 위인이었다. 침대 가까이 다가온 다희가 물끄러미 영빈을 바라보았다. 영빈은 바로 그 뜻을 파악했다.

"잠시만 자리 비켜주세요."

"뭐라고?"

대답을 하며 현정이 두 사람을 번갈아 바라보았다. 영빈은 잠자코 입을 다물고 현정을 바라보았다.

"너희 무슨 일 있었니?"

두 사람의 미묘한 기류를 눈치챘는지 현정이 물었다.

"엄마, 제발요."

급격한 피로감에 영빈은 거의 애원하듯 말했다. 잠시 말이 없던 현정이 자신의 핸드백을 들고 또각또각 구두 소리를 내며 밖으로 걸어 나갔다.

"여전하시구나, 어머님은."

문이 닫히는 걸 확인한 다희가 말했다. 영빈이 중견 탤런트들이 혼자 사는 일반인 자녀를 관찰하는 예능 프로그램을 결혼을 핑계로 거절한 이후부터였다. 프로그램은 대박이 났고 현정은 그럴수록 다희에게 냉랭하게 굴었다. 그녀가 영문을 모르고 힘들어할 때마다 영빈은 그저 아들이 아까워서 그런가 보지 하는 농담으로 넘기고는 했다. 말없이 한참 동안 닫힌 문을 바라보던 그녀가 고개를 돌려 영빈을 바라보았다.

"괜찮아?"

일이 벌어진 이후부터 내내 누군가에게 가장 듣고 싶어 했던 말이었다.

"응."

눈을 깜빡이며 대답했다. 다희가 길게 한숨을 내쉬었다. 영빈은 그 모습에 불안함을 느끼며 손을 내밀었다. 그녀는 고개를 숙여 영빈이 내민 손을 바라볼 뿐 잡아주지 않았다.

"오빠."

눈을 마주치기 위해 다희를 바라보았지만 그녀는 시선을 떨어뜨린 그대로 미동조차 하지 않았다. 좋지 않은 징조였다.

"다희야, 내가 해결할게."

영빈이 급하게 말을 끊었다.

"여기서 그만하는 게 좋을 거 같아."

그 순간 머릿속에 '실패'라는 글자가 새겨졌다. 실패라니, 한 번도 생각해 보지 않은 개념이었다. 그건 영빈에게 일어나서는 안 되는 일이었다.

"그게 무슨 소리야. 뭘 그만한다는 거야."

"감당할 수가 없어서 그래."

이해가 가지 않았다. 이 일을 감당하고 있는 사람은 그녀가 아니었다. 영빈은 손을 뻗어 다희의 손을 잡았다.

"다희야, 왜 그래."

"이름 좀 그만 불러!"

잡힌 손을 거칠게 뿌리치며 그녀가 비명처럼 외쳤다. 영빈은 깜짝 놀라 손을 거뒀다.

"내가 감당할 수 없는 건 이 일이 아니라 오빠라는 사람

164

이야."

"다 수습할 수 있다니까."

그녀의 왼쪽 볼이 파르르 떨리며 환멸이 묻어나고 있었다. 일이 벌어진 이후부터 계속해서 새로운 표정만을 마주하고 있었다.

"지금 멍청한 척하는 거야? 아니면 나를 멍청이라고 생각하는 거야?"

진심을 다한 조롱이 느껴지는 말이었다. 그녀가 이런 표정으로 이런 말을 할 수 있는 사람이라는 사실을 왜 미처 몰랐을까.

"무슨 소리야."

"내가 오빠 아내라며 올라온 글 봤잖아. 그런데 내가 이 사실을 몰랐으면 사람들이 수군거리는 것도 모르고 혼자 멍청하게 있었을 거 아냐. 모르겠어?"

결국 지난번과 같은 말이었다.

"해결하고 말하려고 했다고 했잖아. 내가."

"씨발, 해결이고 뭐고 오빠가 가장 먼저 이야기를 해야 하는 사람은 나였다고."

듣기에도 어설픈 욕설이 다희의 입에서 걸려 나왔다. 그녀는 영빈이 욕을 하는 사람을 얼마나 싫어하는지 잘 알고 있었다.

"욕해서 미안해. 우리 더 추해지지 말자."

약간은 누그러진 목소리로 그녀가 말을 덧붙였다.

"왜, 너는 내가 가장 힘들 때 이러는 거야?"

무심코 본심이 튀어나왔다. 누구보다도 옆에서 위로를 해주어야 할 사람인데, 정말로 이해가 가지 않았다.

"차라리 다행이라고 생각해. 이런 일이 없었으면 우리 서로 정말 몰랐을 거 아냐. 나는 내가 그동안 무얼 보고 살았는지도 모르겠어. 잘 해결됐으면 좋겠어. 진심이야."

그 말을 끝으로 다희가 영빈으로부터 등을 돌렸다. 그 말이 맞았다. 영빈은 이제까지 그녀가 화가 나면 말을 하지 않는 사람이라고 생각했다. 이런 일이 없었다면 평생을 몰랐을 모습이었다. 영빈은 멍하니 닫힌 문을 바라보았다. 일단 박선용에게 전화를 해서 제안을 수락해야겠다는 생각이 들었다. 아마 잘 끝이 난다면 이 일 역시도 수습이 가능할 듯싶었다.

6

　도영훈은 지하철역 안에 마련된 벤치에 앉아 다시 한번 새로 고침 버튼을 눌렀다. 추천 수와 댓글이 실시간으로 올라가고 있었다. 추천이 일정 수를 넘어가면 베스트 게시판에 갈 수 있었고, 거기서부터는 댓글 수의 단위가 달라졌다. 도영훈도 여러 커뮤니티에서 몇 번인가 베스트 게시판에 간 적이 있었다. 하지만 모두 자신의 계정은 아닌 용돈벌이 삼아 하고 있는 마케팅 게시물들이었다. 광고 회사에서 가이드라인과 함께 몇 가지 사진 파일을 주면, 각종 커뮤니티의 쇼핑 게시판이나 맛집 게시판 등에 자신이 발견한 괜찮은 정보인 듯 포장해서 올리는 일이었다. 때로는 인지도가 떨어지는 아이돌이나 유튜버 등의 방송 편집본을 올리는 일을 하기도 했다. 대부분은 별다른 반응 없이 묻히거나, 오히려 광고인 것이 발각되어 비추 폭탄을 맞기 일쑤였다. 비추천 버튼을 눌린 숫자가 누적되면 계정은 강제 탈퇴 조치가 되었고, 회사로부터 다른 계정이 제공되었다. 그런 식의 홍보 활동이 얼마나 도움이 되는지는 알 수 없었지만, 어쨌거나 집에 앉아 간단하게 할 수 있는 일이었다. 그 외에 도영훈이 개인 계정으로 작성하는 글들은 대부분 댓글은커녕 조회수가 두 자릿수를 넘어가는 경우도 드물었다. 개중에는 밥 먹듯이 베스트 게시판을 들락거리는 네임드들이 있었지만, 도영훈이 작성하는 글들은 아니었다.

올라가는 조회수를 확인할 때마다 자꾸 웃음이 났다. 리본을 만났다는 사실이 신기해서 별 생각 없이 올린 게시물이었는데 사람들로부터 이렇게 많은 관심을 받으니 흥분이 됐다. 그때 화면 오른쪽 상단에 표시된 자신의 닉네임 위에 붉은색으로 숫자 '1'이 깜빡였다. 쪽지가 왔다는 알림이었다. 아마도 댓글 수가 400개를 넘은 듯했다. 커뮤니티에는 댓글 수가 100개가 될 때마다 자동으로 알림이 오는 기능이 있었다.

예상과는 다르게 쪽지는 '다시 태어난 드래곤'이라는 사

람에게서 온 거였다. 용과 관련된 닉네임을 보니 리본의
팬이 분명했다. 쪽지를 보낸 사람은 박선용과 남자를 본
장소가 어디냐고 묻고 있었다. 도영훈은 잠시 생각하다가
대답을 해주었다. 곧 고맙다는 인사가 돌아왔다. 왜 장소
를 묻는 걸까. 무언가 일이 벌어질 듯했다. 도영훈은 재차
메시지를 보냈다.

[혹시 찾아가실 거면 제가 안내해 드릴까요?]

이 일을 가지고 후속편을 올리면 많은 주목을 받을 수도
있었다. 도영훈은 초조한 마음으로 반응을 기다렸다. 다행
히 일 분도 되지 않아 연락처를 묻는 답장이 왔다.

약속 장소인 지하철역 7번 출구 앞에서 기다리며 어쩌
면 낚시일 수도 있겠다는 생각이 들었다. 속은 줄도 모르
고 멍청하게 출구 앞에서 기다리는 모습을 멀리서 찍은 후
에 게시물로 올려 조롱하는 식이었다. 가끔 올라오는 그런
게시물들은 사람들의 관심을 끌었다. 그런 글에 달리는 댓
글은 피해자를 동정하기는커녕 조롱하기 바빴다. 그제야
조금 겁이 났다. 그냥 돌아갈까 생각하는데 핸드폰이 울렸
다. 낯선 번호였다. 잠시 망설이다 전화를 받았다.

"썬드래곤님 맞으시죠?"

남자의 억양에는 경상도 사투리가 살짝 묻어 있었다. 상상했던 것보다 조금은 나이가 느껴지는 목소리였다.

"네 맞아요."

"지금 7번 출구? 무슨 옷 입으셨어요?"

"저는 청바지에 카키색 후디요."

"어, 찾았다."

주위를 둘러보았지만 특별히 그로 보이는 사람은 없었다. 그때 차도 쪽에서 경적 소리가 들려왔다. 고개를 돌려보니 검정색 카니발 차량의 창문이 내려가고 있었다. 영훈은 그쪽으로 다가가다 남자의 얼굴을 보고 멈춰 섰다. 고개를 돌린 남자의 왼쪽 뺨이 마치 녹은 아이스크림처럼 흘러내리고 있었기 때문이었다.

"맞죠? 타요."

운전석의 남자가 말했다. 영훈은 잠시 망설였다. 짙게 선팅을 한 유리와 깊게 눌러쓴 야구모자가 왠지 수상해 보였다.

"안 타실 거면 위치라도 말해줘요."

머뭇거림을 눈치챘는지 남자가 왼손에 찬 시계를 들여다보며 말했다. 뒤쪽에 차들이 경적을 울리기 시작했다. 영훈은 엉겁결에 조수석 문을 열었다.

"마침 근처를 지나던 중이었지 뭐예요."

무슨 말을 꺼내기도 전에 남자가 차를 출발시키며 변명
처럼 말했다.

"네."

"카페가 저쪽이라고 했죠?"

"네."

"학생?"

"네."

"네 밖에 할 줄 몰라요?"

"네?"

뜻밖의 말에 영훈은 고개를 돌려 옆을 보았다.

"농담이죠."

웃고 있는 입과는 달리 눈에는 안광이 번뜩여 어딘가 섬
뜩한 느낌을 주는 사람이었다.

"그런데 뭘 하려고 그러세요?"

질문을 들은 남자의 입가에서 웃음기가 가셨다.

"그냥, 좀 궁금해가. 뭐하는 사람인가. 아참, 제가 말 놔
도 되죠?"

"네."

무슨 생각인지 궁금했지만 대답을 하느라 더 물을 수 없었다. 두 사람을 보았던 카페가 가까워지고 있었다.

"저기네요."

미처 말이 끝나기도 전에 남자가 비상등을 켜고 카페 앞 도로에 차를 세웠다.

"바로 앞이었구나. 고맙다. 이제 일 봐라."

남자가 노골적으로 선을 그으며 말했다. 장소만 알려주고 빠지기에는 아쉬웠다. 남자는 이 일을 게시글로 작성할 수 있었다. 아니, 그게 아니라면 굳이 찾아올 이유가 없었다. 정의 구현을 했다는 글은 언제나 인기가 높았다. 어쩐지 그에게 이용만 당한 기분이 들었다.

"저기, 저도 같이 가면 안 될까요."

조바심을 느끼며 영훈이 말했다. 남자가 고개를 돌려 영훈을 물끄러미 바라보았다.

"나는 리본 만나러 가는 게 아닌데."

"아뇨, 리본은 이미 봤어요. 저도."

궁색한 대답이었다. 남자가 피식 웃음을 터뜨렸다. 속내를 들여다본 듯한 기분 니쁜 웃음이었다.

"그럼 여기 잠깐 있어. 어떻게 생겼나만 보고 올게."

남자가 핸들을 돌려 카페 건물 앞 주차 공간에 차를 세우며 말했다. 미처 대답을 하기도 전에 그가 문을 열고 밖으로 나갔다. 차에 시동이 걸린 채였다. 영훈은 고개를 빼 들고 카페 안을 살폈다. 그가 선수를 칠까 봐 걱정이 되었다. 다행히 그는 힐끗 두 사람이 앉은 테이블을 보고는 도로 카운터 앞에 섰다. 박선용과 가해자의 모습은 밖에서는 잘 보이지 않았다. 조금 기다리자 남자가 음료 두 잔을 들고 차에 탔다.

"저 새끼는 봐도 봐도 잘생겼네. 짜증 나게."

그가 영훈에게 음료를 건네며 말했다.

"그죠. 저도 깜짝 놀랐어요."

신이 나서 맞장구쳤지만 별다른 반응이 돌아오지 않았다. 머쓱함에 영훈은 괜히 음료를 한 모금 마셨다. 아이스 아메리카노였다. 남자가 운전대 위 선바이저에 걸린 선글라스를 꼈다.

"거기 열어보면 선글라스 하나 더 있으니까 그거 써."

남자가 글러브 박스를 가리키며 말했다.

"네?"

"같이 가겠다며?"

이제까지와는 다른 짜증 섞인 목소리가 돌아왔다. 긴장감에 영훈은 마른침을 삼켰다. 같이 가는 것과 선글라스가 무슨 관계인지 좀처럼 떠오르지 않았다.

"아 진짜 귀찮네. 당신이요, 같이 가겠다면서요. 우리가 뭐 좋은 얘기를 하러 가는 것도 아니고, 저 새끼가 우리 얼굴을 알면 좋겠어요, 안 좋겠어요? 혹시 모르니까 그냥 쓰세요."

비꼬는 말투에 영훈은 주눅이 들었다. 글러브 박스를 여니 남자의 말대로 알이 큰 선글라스가 있었다. 잠자코 선글라스를 끼고 옷에 달린 후드를 뒤집어썼다. 요즘은 어디를 가나 카메라가 있었다. 그의 말대로 얼굴을 노출시키는 건 현명한 일이 아니었다. 그때 카페에서 가해자가 걸어 나오는 모습이 보였다. 차가 입구를 마주 보고 주차되어 있어 영훈은 반사적으로 의자에 몸을 파묻고 고개를 숙였다.

"영화를 많이 봤나 보네. 밖에서는 잘 안 보여요."

옆에서 놀리듯 말하는 남자의 목소리가 들려왔다. 그저 조심을 했을 뿐인데, 억울했다. 가해자가 자신의 차에 올라 출발하는 걸 확인한 남자가 미행을 시작했다.

"화났어요?"

침묵이 이어지자 남자가 물었다. 이미 말을 들은 순간부터 아니라고 대답을 해도 화난 사람이 되어버리는 질문이었다.

"미안해요. 제가 욱하는 성질이 있어서. 고쳐야 하는데, 그쵸?"

어느새 말투가 다시 존댓말로 돌아와 있었다. 옆을 돌아보니 남자는 앞서 주행 중인 가해자의 차량에 시선을 고정하고 있었다.

"제가 이런 건 처음이라."

"긴장하지 마세요. 별일 아니니까."

익숙한 일이라는 듯 남자가 말했다. 신호 때문에 앞서 가던 차가 멈추며 미등에 붉은색 불이 들어왔다. 그때 남자의 핸드폰이 울렸다. 메시지가 온 모양이었다.

"이거 안 되겠네."

심각한 표정으로 핸드폰을 바라보던 남자가 중얼거렸다. 딱히 영훈에게 하는 말은 아닌 듯싶었다. 남자가 몸을 돌려 뒷좌석에 놓인 백팩을 집었다.

"갖고 있어요."

남자가 가방 안에서 길이가 이십 센티미터 정도 되는 쇠막대를 꺼내 영훈에게 건네며 말했다. 받아보니 보기와는 다르게 상당히 묵직했다. 예상했던 방향과는 다르게 흐르고 있다는 느낌이 들었다.

"이게 뭔데요."

"질문 좀 그만하고, 일단, 좀, 갖고, 계세요. 네?"

다시 위협적인 말투가 돌아왔다. 가해자가 탄 차량의 우측 방향지시등이 깜빡거렸다. 주택가가 있는 방향이었다. 슬슬 목적지에 가까워진 듯했다.

"근데 박선용 팬이신가 봐요?"

우회전을 하며 남자가 물었다. 이상한 질문이었다. 그렇다면 남자는 팬이 아닌데도 이런 일을 하고 있는 걸까.

"그쪽은 아니세요?"

"아, 뭐 저도 뭐."

말끝을 흐리며 남자가 헛헛하게 웃었다.

"너무 좋아하지 마세요."

"네?"

"아니, 그냥. 너무 좋아하면 실망할 수도 있으니까."

영훈은 남자의 눈치를 살피며 핸드폰으로 커뮤니티에 접속해 남자가 쪽지를 보낸 계정을 검색했다. 생각해 보면 진즉에 했어야 하는 일이었다. 가입한 지가 오 년이 넘은 사람이었다. 적어도 타인 명의이거나 유령 계정은 아니라는 뜻이었다. 그럼에도 게시물이나 댓글을 작성한 흔적이 단 한 건도 없다는 사실은 이상했다.

"뭘 그렇게 열심히 봐요."

고개를 내밀며 묻는 남자의 말에 영훈은 깜짝 놀라 핸드폰 화면을 가렸다.

"댓글 좀 확인했어요."

"이것도 인터넷에 올리려고 그러죠?"

남자가 싱긋 웃으며 물었다. 영훈은 대답을 하지 못하고 뒤통수를 긁었다. 때마침 앞서가던 가해자의 차가 빌라 주차장으로 들어가고 있었다. 남자는 별다른 반응 없이 건물 앞 도로 한쪽에 차를 세우고는 영훈의 허벅지 위에 두었던 쇠막대를 향해 손을 뻗었다. 영훈은 저도 모르게 다리를 오므렸다. 남자가 가타부타 말도 없이 쇠막대를 들고 차에서 내렸다. 영훈은 주차장으로 향하는 남자의 뒤를 따랐다. 가해자의 차가 주차를 하고 있었다.

남자가 주차장 기둥 뒤에 몸을 숨겼다. 엉겁결에 영훈도 그를 따라 몸을 숨겼다. 남자가 영훈을 향해 검지를 들어 자신의 코앞에 가져가 보였다. 모자와 선글라스에 가려 남자의 얼굴이 반밖에 보이지 않았다. 긴장감에 영훈은 빠르게 고개를 끄덕였다. 남자가 공중을 향해 쇠막대를 휘두르자 착착 소리를 내며 쇠막대의 길이가 길어졌다. 흔히 호신용으로 쓰이는 삼단 봉이었다.

그때 가해자의 차량 옆에 주차된 붉은색 차 뒤쪽에서 사람이 나타났다.

"뭐고, 저건."

남자가 시선을 고정한 채로 뒤에 서 있던 영훈을 향해 손을 뻗으며 중얼거렸다. 움직이지 말라는 뜻인 듯싶었다. 운전석 문을 닫고 빌라 입구를 향해 걸어가는 가해자의 움직임에 맞춰 그림자 역시 조용히 뒤를 밟고 있었다. 밝은 빛 아래 모습을 드러낸 그림자의 정체는 이십 대 초중반 정도로 보이는 남자였다. 무릎이 튀어나온 회색 추리닝을 입은 그의 손에 붉은색 쇠 파이프가 들려 있었다.

"사람은 착하게 살아야 하는데 맞제?"

딱히 대답을 바라고 하는 질문은 아니라는 생각에 영훈

은 잠자코 있었다. 남자는 이제 완전히 여유가 생긴 듯 보였다. 가해자가 비밀번호를 누르기 위해 공동 현관 앞에 멈춰 서자, 회색 추리닝이 쇠 파이프를 높이 치켜들며 다가갔다. 영훈의 앞에 있던 남자가 두 사람을 향해 천천히 걸어 나갔다. 공동 현관의 문이 열렸다.

"이 씨발!"

추리닝이 소리치며 쇠 파이프를 휘둘렀다. 머리를 맞아 무릎이 꺾이며 쓰러지는 가해자의 모습은 마치 바람 빠진 풍선 인형처럼 보였다. 비현실적인 모습이었다.

"저기요."

남자가 부르자 추리닝이 몸을 부르르 떨며 들고 있던 쇠 파이프를 놓쳤다. 바닥에 떨어진 쇠 파이프가 뎅그렁거리는 소리를 내며 초록색 바닥 위를 굴러다녔다. 추리닝이 뒤도 돌아보지 않고 빌라 건물로 뛰어들어 갔다. 남자가 허리를 굽혀 쓰러진 가해자의 코에 손가락을 대고는 유심히 살펴보았다.

"뒤지진 않았는데. 저 새낀, 왜 건물로 들어가."

오늘은 날씨가 좋네 하는 느낌으로 남자가 중얼거리며 주머니에서 니트릴 장갑을 꺼내 끼고는 바닥에 있던 쇠 파이프를 주었다. 능숙한 동작이었다.

"거기 서 있지 말고 119에 전화 좀 해."

"네?"

그제야 정신을 차린 영훈이 되물었다.

"아, 진짜 답답하네. 평소에 그런 소리 안 들어? 답답하다고. 괜히 이거 뒤집어쓰기 싫으면 여기 사람이 쓰러져 있다고 119에 전화하라고. 오늘 여기서 너는 아무것도 못 본 거야. 알겠어?"

남자의 질문에 영훈은 잠자코 고개를 끄덕였다.

"마, 고개만 까딱하지 말고 대답을 해라."

카랑카랑한 목소리로 남자가 쏘아붙였다.

"네."

영훈이 재차 고개를 끄덕이며 대답했다.

"그래, 이제 꺼져."

남자가 영훈으로부터 등을 돌려 공동 현관의 비밀번호를 누르고 건물 안으로 들어갔다. 어찌 된 영문인지 좀처럼 파악이 되지 않는 상황이었다.

7

차는 약속한 시간에 맞춰 집 앞에 도착했다.

"타시죠."

차 창문이 열리며 일전에 봤던 매니저가 고개를 내밀며 말했다. 영빈은 조수석에 앉았다. 운전자의 성격을 말해주듯 차 내부는 흔한 액세서리 하나 없이 깔끔했다. 에어컨 배출구에 꽂힌 조그마한 방향제만이 자신의 존재감을 드러내며 은은한 향기를 뿜어낼 뿐이었다. 이런 일이 아니었다면 그와는 친구가 되었을 수도 있었겠단 생각이 들었다.

"픽업 고맙습니다. 제가 직접 가도 되는데 말이죠."

"아닙니다. 다치시기도 했고."

차를 출발시키며 그가 말했다. 어라? 내가 다쳤다는 말을 했던가. 생각을 들키지 않기 위해 영빈은 입을 다물고 정면만 바라보았다. 차가 막 큰길에 진입하고 있었다. 어딘가 위화감이 느껴졌다.

"이해가 안 가서 그런데 정말로 기억이 없으십니까?"

한참 말이 없던 매니저가 물었다. 지금 와서 그 사실이 뭐가 중요한지 잘 이해가 가지 않았다. 영빈은 사과를 위해 그의 방송에 출연하기로 했다. 지금 중요한 건 어떻게든 이 일을 적정한 선에서 매듭짓는 일이었다. 그래야만 다희를 포함해 모든 걸 되돌릴 수 있었다. 두 사람이 탄 차가 한강 다리 위로 올라섰다.

"뭐라고 대답해도 어차피 믿지 않으실 거 아닙니까?"

영빈은 고개를 돌려 창밖을 바라보며 말했다. 안개가 짙게 끼어 강이 잘 보이지 않았다.

"무슨 일 있으셨나요?"

"네?"

"아뇨, 조금 예민해 보이셔서."

매니저가 슬쩍 미소를 지으며 말했다. 이 사람이 나를 놀리려고 이러는 건가. 말의 앞뒤가 미묘하게 어긋나 있었다. 이미 다쳤다는 사실을 아는 사람이 무슨 일이 있느냐고 묻는 건 이상했다. 내심을 감추기 위해 차분하게 심호흡을 했다.

"기사가 났더라고요."

말을 하는 동시에 기사에 나온 자신의 사진이 머릿속에 떠올라 영빈은 몸서리쳤다. 모자이크 처리가 되어 있었지만, 사생활 보호의 목적보다는 범죄자가 연상되는 사진이었다.

"안 그래도 내려달라고 항의했습니다. 정정 보도 요청까지는 받아주지 않더라고요."

영빈은 휴대폰을 꺼내 검색했다. 그의 말대로 '박선용'이라는 이름을 검색하면 뉴스 탭 가장 상단에 노출되던 최신 기사가 바뀌어 있었다. 다행이었다.

"고맙습니다."

"뭐, 그런 기사가 나면 우리도 손해기도 하고. 형한테 고맙다고 하세요."

문득 박선용이 어떤 사람인지 전혀 모르고 있다는 생각이 들었다.

"어떤 사람입니까."

"누구요."

"박선용 말입니다."

한동안 대답이 돌아오지 않아 운전석 쪽을 돌아보니 매니저가 정면을 응시한 채 눈을 깜빡이고 있었다.

"착한 사람이죠. 기본적으로. 너무하다 싶을 정도로. 그러니까 그쪽도 괴롭혔을 거고."

살면서 만난 착하다는 사람들의 구십 퍼센트는 멍청한 쪽에 가까웠다. 착하다는 말에는 타인을 위해 자신의 욕망을 포기하거나, 손해를 나서서 감수한다는 뜻이 내포되어 있었다.

"그런데 또 그것만은 아니에요. 연습할 때 보면, 독하기도 하고. 플레이를 봐도 피도 눈물도 없이 하니까."

"그렇군요."

영빈은 애매모호하게 대답했다. 게임을 피도 눈물도 없이 한다는 건 무슨 뜻일까. 그쪽에 대해 전혀 모르는 영빈에게는 알 수 없는 말이었다. 두 사람이 꽤 오래된 관계라는 정도만 겨우 짐작할 수 있을 뿐이었다.

"뭐, 궁금한 거 있으면 더 물어보시죠. 녹화 전에 알아두는 게 낫지 않겠습니까?"

"이걸 하는 이유가 뭡니까?"

잠시 망설이다 물었다. 내내 궁금했던 질문이었다.

"이거라뇨?"

"그러니까 굳이 저를 방송에 출연시키려는 이유 말입니다."

별걸 다 묻는다는 듯 매니저가 슬쩍 고개를 돌려 영빈을 쳐다봤다.

"그야 돈 때문이죠. 이제 와서 진심이니, 사과니 그런 게 다 무슨 소용이에요. 어차피 그쪽은 기억도 못 하는 일인데. 그냥 편하게 비즈니스라고 생각해요. 서로한테 필요한 것만 챙기는. 우리는 돈과 관심을 챙기고, 그쪽도 봉사하는 모습을 방송으로 보여주면서 속죄하는 척 적당히 눈물도 몇 방울 흘려주고, 사람들한테 용서받고 원래의 생활로 돌아가면 되는 겁니다. 물론 시선 때문에 조금 불편하겠지만 지금보단 낫지 않겠습니까?"

그가 무심하게 툭 던지듯 말했다.

"왜 제가 그 사람들한테 용서를 구해야 하나요?"

이상한 말을 들었다는 듯 매니저가 고개를 갸웃거렸다. 그들은 영빈이 용서를 구해야 할 대상이 아니었다. 오히려 그들로부터 피해를 당한 쪽은 영빈 자신이었다.

"화가 났으니까요. 이유는 그거예요. 사람들이 뭐 때문에 화가 났다고 생각하세요?"

매니저가 운전대를 손가락으로 두어 번 툭툭 치며 물었다. 가르치는 투로 말을 하는 습관이 든 사람이었다.

"그야, 제가 저지른 일 때문에 그렇겠죠."

간단한 질문이었다. 무시를 당하고 있다는 생각에 살짝 기분이 상했다.

"그런 간단한 문제가 아니에요."

속내를 꿰고 있다는 듯 그가 말했다. 그렇다면 무엇이 문제일까? 영빈은 고개를 돌려 그를 바라보았다.

"당신이 세상이 불공평하다는 불쾌한 사실을 굳이 사람들에게 상기시켜서 그렇습니다. 그걸 괘씸죄라고 하죠. 우리는 발밑에 하수구가 있다는 사실은 알고 있지만, 그걸 굳이 눈으로 확인하고 싶어 하지는 않잖아요."

세상이 불공평하다는 사실 정도는 영빈 역시 알고 있었다. 하지만 자신이 어떻게 그걸 상기시켰다는 것인지 선뜻 이해가 가지 않았다.

"사람들은 당신이 형을 괴롭혀서 그렇게 화가 난 게 아니에요. 그건 그저 계기일 뿐이죠. 당신은 잘생긴 외모에 금수저를 물고 태어났고, 탤런트인 어머니의 재력을 이용해

죄에 대한 대가를 치르지도 않았죠. 더해서 지금도 이상적인 삶을 살고 있고. 쉽게 말해 그런 잘못을 하고도 당신의 인생에는 단 한 번의 페널티도 없었다는 사실에 화가 난 겁니다."

그런 이유에서라면 도저히 해결될 수 없는 문제였다. 어쩌면 엄마의 말대로 그저 잊히기를 기다리는 편이 나았을 수도 있겠다는 생각이 들었다.

"그건 남들이 보는 저일 뿐이잖아요."

"지금 그런 게 중요합니까?"

매니저가 되물었다. 그의 말이 맞았다. 지금 상황에서 자신이 진짜 어떤 사람이건 하나도 중요하지 않았다. 그 사실을 인정하고 나니 영빈은 그동안 믿어왔던 스스로의 어떤 부분이 허물어지고 있음을 느낄 수 있었다.

"그러네요."

겨우 그런 대답만 할 수 있을 뿐이었다.

"생각하기에 따라서 이게 기회가 될 수도 있죠. 그들이 믿는 걸 보여줄 기회."

"그들이 믿는 거라뇨?"

"있지 않습니까. 권선징악. 나쁜 놈들은 벌을 받고, 착한 놈들은 복을 받고, 기회는 평등하고, 과정은 공정하고, 결과는 정의로운 뭐, 그딴 거요."

어디선가 들어본 말이었다. 영빈이 아는 한에서 그런 낭만적인 세상은 존재하지 않았다.

"그런 걸 정말 믿는 사람이 있습니까?"

"일종의 종교 같은 거죠. 가장 이성적이라는 과학자들 중에도 종교를 믿는 사람들이 있잖아요. 사람들이 왜 게임을 한다고 생각하세요?"

게임을 전혀 하지 않는 입장에서는 생각조차 해보지 않은 문제였다. 영빈에게는 그저 시간 낭비로 보일 뿐이었다.

"재밌어서 아닙니까."

"게임에는 룰이 있기 때문이죠. 흔히 세상을 게임에 비유하지만 그건 틀린 말입니다. 세상과는 다르게 게임의 룰은 누구에게나 공평하게 적용됩니다. 예를 들어 가위 바위보라는 게임을 하는데 총이나 칼을 들이미는 경우는 없단 거죠. 형은 바로 그런 세계에서 순수하게 자신의 노력과 실력으로 정상에 섰던 사람이에요. 그리고 이를 통해 현실이라는 불공정한 게임에서도 성공을 이뤘죠. 그게 사람들이

박선용이라는 사람에게 열광하는 이유예요. 이번에 그쪽
은 박선용이라는 인간이 가진 서사를 도와주는 거죠. 어린
시절의 트라우마를 극복하고 성공한 남자가 과거에 자신을
괴롭혔던 가해자를 용서하고 함께 봉사활동을 하는 뭐, 그
런 감동 스토리요. 심지어 이건 실화잖아요?"

개과천선, 인간 승리, 트라우마 극복, 하품이 나올 정도
로 빤한 스토리였지만 대중들은 그런 데 열광했다. 이건
철저한 비즈니스고, 이 거래의 갑은 박선용이었다. 을이
할 수 있는 일은 주어진 조건 내에서 최대한의 이득을 챙기
는 것뿐이다. 매니저가 차를 세웠다. 일전에 박선용을 만
났던 적이 있는 카페 앞이었다.

"여기는 왜?"

그날 있었던 안 좋은 기억을 떠올리며 영빈이 물었다.

"여기가 형 건물이에요. 카페에서 사전 인터뷰 장면을 조
금 촬영하고 함께 봉사활동 장소로 이동할 겁니다."

시동을 끄며 매니저가 말했다. 차 밖으로 나와 살펴보니
실제로 카페 안에 카메라와 조명을 설치하고 있는 모습이
보였다.

"어째 바람이 심상치 않네요."

매니저가 하늘을 바라보며 말했다. 그를 따라 하늘을 올려다보니 높은 빌딩 위로 짙은 먹구름이 몰려오고 있었다. 장마가 시작될 징조였다. 이제 여름이 온다는 뜻이었다.

8

카페 안은 아직 준비가 덜 된 상황이다. 민우는 폰을 꺼내 선용에게 이제 도착했다는 메시지를 보냈다. 담배를 피우기 위해 밖으로 나와 불을 붙이는데 카페의 문이 열리며 임영빈이 뒤따라왔다.

"박선용 씨는 아직 안 왔나요?"

"사전 인터뷰에는 형이 필요하지 않아서, 오늘 새벽까지 방송을 해서 아마 출발할 때 맞춰서 내려올 겁니다."

담배에 불을 붙이고 한 모금 깊게 빨았다. 고개를 돌려보니 임영빈은 여전히 옆에 엉거주춤한 폼으로 서 있었다.

"안에 들어가 계시죠. 곧 비도 올 거 같은데."

그는 고개를 끄덕일 뿐 움직이지 않고 있었다. 할 말이 있는 건가 싶어 민우는 그를 바라보았다.

"저도, 한 대 주시겠습니까."

부탁을 하는 그의 얼굴이 처량해 보였다. 게임에서 지고
난 선수들에게서 자주 발견되는 표정이었다. 민우는 담배
를 한 개비 건네고 불을 붙여주었다. 연기를 길게 뱉어낸
임영빈이 불타고 있는 담배 끝을 멍하니 바라보고 있었다.
옛날 일을 생각하는 걸까?

"정말 제가 그런 짓을 했을까요?"

반쯤 정신이 나간 사람처럼 임영빈이 중얼거렸다. 담배
를 든 손끝이 미세하게 떨리고 있었다.

"이제 와서 그게 뭐가 중요합니까?"

민우의 말에 임영빈이 막 잠에서 깨어난 사람처럼 고개
를 돌려 이쪽을 바라보았다. 면도를 하지 않아 턱 밑에 거
뭇거뭇한 수염 자국과 붉게 충혈한 눈 때문에 피곤한 사람
처럼 보였다. 꽤나 스트레스를 받은 듯한 모습을 보니 어
쩌면 기억이 나지 않는다는 말이 사실일 수도 있겠다는 생
각이 들었다.

"그러네요."

임영빈이 대답 끝에 웃음을 지었다. 초조함이 묻어나는
웃음이었다. 그때 카페 문이 열리며 스태프 하나가 준비가

끝났음을 알려왔다.

조명이 켜진다. 카메라 앞에 앉은 임영빈의 목젖이 자꾸만 오르락내리락하고 있었다. 한눈에도 긴장했음이 보이는 모습이었다. 민우는 모니터를 통해 그의 모습을 살폈다. 피곤해 보이는 실제와는 다르게 화면 안에서의 모습은 텔레비전 드라마 속 우수에 찬 주인공처럼 보였다.

"앞에 테이블 좀 치우자."

테이블이 치워지자 그가 무릎 위에 양손을 다소곳이 올려놓았다. 그 편이 확실히 사과하는 사람처럼 보였다. 어쨌거나 진짜처럼 연출하는 게 중요했다.

"자, 설명해 드릴게요. 제가 질문을 하면 거기에 맞춰 여기 카메라를 보면서 대답을 해주시면 됩니다. 실제 올라갈 영상에서 질문은 자막으로 처리될 거고요. 편집하면 되니까 말이 막힌다 싶으면 충분히 생각하고 하세요. 결과물 보고 안 쓸 수도 있으니까 그냥 편하게 말씀하시면 됩니다."

"네, 알겠습니다."

그가 고개를 끄덕이며 대답했다.

"바로 가겠습니다."

큐 사인에 맞춰 임영빈이 자세를 고쳐 앉았다.

"우선 자기소개 부탁드립니다. 그냥 이름하고 나이 정도만 얘기하면 됩니다. 인사는 꼭 일어나서 구십 도로 해주시고요."

그가 자리에서 일어나 카메라를 향해 허리를 굽혀 인사했다.

"안녕하세요. 저는 서른한 살 직장인 임영빈입니다."

"무슨 일 때문에 나오게 되셨습니까."

"과거에 제가 벌였던 불미스러운 일 때문에 고통을 받았던 프로게이머 박선용 씨와 소식을 접하고 불편해하셨을 모든 분들에게 사과를 드리기 위해 나오게 되었습니다."

불미스러운 일이라니. 청문회에 나온 정치인 같은 단어 선택에 민우는 기분이 상했다.

"불미스러운 일이라면 무엇을 말하는 겁니까."

다소 신경질적으로 질문이 튀어 나갔다. 질문을 들은 임영빈이 몸을 의자 등받이에 기댔다가 바로 다시 앞으로 기울였다. 당황한 듯 보이는 모습이었다. 조금 뜸을 들이던 그가 갑자기 바닥에 무릎을 꿇었다. 민우는 급하게 카메라 각도를 조종했다.

"저는 학교폭력의 가해자였습니다."

말을 마친 임영빈이 바닥을 향해 고개를 숙였다. 모친을 닮아 능숙한 연기였다.

"더 구체적으로 말씀해 주시겠습니까."

"구체적으로요?"

숙이고 있던 고개를 들며 임영빈이 물었다. 부자연스러울 정도로 눈을 자주 깜빡이고 있었다. 얘기를 해줄까 했지만, 어차피 쓰지 않을 영상이었다.

"그러니까 언제 어떤 일이 있었는지를 말해주시면 될 것 같습니다."

대답을 들은 임영빈이 넋이 나간 듯 잠시 동안 카메라를 바라보았다. 민우는 인내심을 가지고 그의 대답을 기다렸다. 불현듯 그가 입을 벌리며 하품을 했다. 반사판을 들고 있던 스태프가 어이가 없다는 듯 코웃음을 쳤다.

"죄, 죄송합니다. 제가 잠을 못 자서."

고개를 숙여가며 사과를 하는 임영빈의 모습은 순한 양처럼 보였다.

"괜찮아요. 나중에 편집할 테니까 계속하세요."

"저는 중학생 시절에 프로게이머 박선용 씨를 지속적으

로 괴롭혔습니다. 오늘은 저의 행동 때문에 고통받았을 박선용 씨께 용서를 구하고 함께 봉사활동을 하며 속죄를 하기 위해 이 자리에 나왔습니다."

"지금 심정은 어떠신가요."

생각을 정리하는 듯 임영빈이 고개를 숙인 채 오랜 시간 동안 입을 다물고 있었다.

"조금 혼란스럽습니다."

대답이 더 이어질 거라고 생각했는데, 말은 거기에서 끝났다.

"혼란스럽다니요?"

"믿지 않으시겠지만, 솔직하게 저는 그 시절의 일이 전혀 기억이 나지 않습니다. 그래서 사실을 알게 되었을 때 충격을 받았죠. 무엇보다도 제가 그렇게 비겁한 인간이라는 사실에 크게 실망했습니다. 박선용 씨가 넓은 아량으로 이렇게 자리를 마련해 주셔서 조금이나마 속죄를 할 수 있게 되어 다행이라고 생각하고 있습니다."

진심이라는 듯 카메라를 보는 그의 눈시울은 붉어져 있다. 속죄는 자신이 지은 죄에 대해 대가를 치르는 일이었다. 그는 여전히 본질을 파악하지 못하고 있다.

"잊어버렸다는 얘기는 빼죠. 그건 오히려 역효과만 날 수 있을 거 같아요. 혼란스럽냐는 질문도 빼는 걸로 하고, 마지막 말만 살려서 가도록 하겠습니다. 더 할 상황은 아닌 거 같으니까 일단 여기서 끝내죠."

조명이 꺼진다. 길지 않은 시간이었지만 임영빈은 지쳤다는 듯 힘겹게 몸을 일으켜 다시 의자에 앉았다. 민우는 선용에게 이제 끝났다는 메시지를 보냈다. 바로 답장이 돌아왔다.

"정리해서 가야 하니까 이거라도 마시면서 차에서 좀 쉬고 계시죠."

대답할 힘도 없는지 임영빈이 엉거주춤한 폼으로 자리에서 일어났다. 민우는 미리 준비해 두었던 음료를 그에게 건넸다. 민우는 앞장서서 밖으로 나왔다.

"뒷좌석에 타시죠."

조수석 문을 여는 임영빈을 향해 말했다. 그가 걸음을 옮겨 다시 뒷좌석 문을 열었다.

"이걸로 정말 상황이 바뀔 수 있을까요?"

차의 시동을 켜기 위해 운전석의 문을 열자 임영빈이 물었다.

"봐야죠. 정리하고 바로 출발이니 눈이라도 조금 붙이세요. 아무래도 육체적으로 힘든 일이니까요."

대답을 들은 임영빈은 그제야 긴장이 풀린 듯 좌석에 등을 기댔다. 민우는 차의 문을 닫고는 잠시 그가 앉아 있는 자리를 바라보았다. 짙게 선팅된 창 때문에 실루엣만 어렴풋이 보일 뿐이었다. 상황이 바뀐다는 말은 거짓은 아니었다.

다시 카페로 향하는데 창가에 서서 밖을 보고 있는 선용의 모습이 눈에 들어왔다. 손을 흔들어 보았지만 그의 시선은 임영빈이 타고 있는 차에 꽂혀 있었다.

"오셨네요."

문을 열고 들어가며 인사하자 그제야 선용이 고개를 돌렸다. 민우는 그의 옆에 섰다. 자세히 보니 그의 어깨가 떨리고 있었다. 두 사람의 첫 대면이 있은 후부터 선용은 불안 증세에 시달렸다. 잠을 자다가도 몇 번이나 비명을 지르며 깨어났고, 조그마한 소리에도 예민하게 반응하며 깜짝깜짝 놀라곤 했다. 민우는 선용의 손을 잡았다.

"아직도 그렇게 무서워요?"

"이건 무서움과는 전혀 다른 감정이야, 민우야."

평소와는 다르게 착 가라앉은 음성으로 선용이 말했다.

"내가 있잖아요. 걱정하지 마세요."

"미안하지만, 이건 네가 해결할 수 있는 문제가 아니야."

박선용은 언제나 마지막 순간에는 혼자 모든 걸 감당하는 사람이었다. 세계대회 결승을 앞두고도 그는 같은 말을 하고는 홀로 연습실에 들어가 문을 잠갔다. 여전히 자신이 믿음을 주지 못한다는 사실에 조금 화가 났다.

9

너를 본다. 너의 두 다리는 철제 의자 다리에 묶여 있고 양손에 수갑이 하나씩 채워져 등받이 기둥에 결박되어 있다. 건물 아래에서부터 업혀서 엘리베이터를 타고 옥상까지 이동해 창고에 마련된 의자에 몸이 묶이는 순간까지도 너는 한 번도 깨어나지 않았다. 무척이나 피곤했던 모양이지. 그럼에도 너의 얼굴에서는 잠든 사람에게 쉽게 볼 수 있는 방심을 찾을 수 없다. 입을 벌린 채 침을 흘리거나, 눈이 반쯤 뜨여 있거나 혹은 그 흔한 잠꼬대나 코골이조차. 공들여 깎은 조각상처럼 무척이나 평온하고, 아름답다. 보고 있기만 해도 어디선가 잔잔한 클래식 음악이 들려올 듯한 모습이다. 나는 그게 가장 이해가 가지 않는다. 이토록 아름다운 네가 무엇이 부족해서 나한테 그런 짓을 했을까.

"깨워볼까요?"

네 뒤에 서 있던 민우가 묻는다.

"아니, 조금만 더 있다가."

"네."

민우가 팔짱을 끼며 뒤로 한 발짝 물러선다. 기분이 상했거나 긴장을 할 때면 나오는 동작이다. 네 앞에 앉아 한참이나 너의 얼굴을 가만히 바라보고 있는 나 때문에 그는 초조해하고 있다. 이렇게 정면에서 너를 본다는 사실 자체가 나에게는 용기가 필요한 일이라는 것을 그는 모른다. 아니, 아무도 모른다.

깨어나려는 듯 네가 몸을 뒤척인다. 그 작은 움직임만으로도 온몸의 털이 주뼛 서는 감각과 함께 머릿속에서 붉은색 경광등이 미친 듯이 번쩍거린다. 다시 그때로 돌아간 기분이다. 도망가, 도망가. 사자와 마주친 초식동물이 이런 감각일까. 네가 눈을 뜬다. 눈을 뜬 네가 나를 본다. 나를 본 네가 놀란 듯 입을 벌린다. 입을 벌린 네가 몸을 뒤척인다. 의자가 덜컹거린다. 이윽고 고개를 숙여 의자에 묶여 있는 팔다리를 확인한다. 그리고 다시 나를 본다.

"살려줘."

뜻밖에도 네 입에서 가장 먼저 나오는 말이다. 낮은 음성
과는 어울리지 않게 심하게 떨리는 목소리. 무서워하지 않
아도 된다고 스스로에게 몇 번이나 되뇌고 나서야 나는 고
개를 들어 너를 볼 수 있다. 살려달라니, 정확하게 같은 말
을 나도 너에게 한 적이 있다. 어쩔 때는 몇 번이나 애원하
곤 했다. 바짓가랑이를 붙잡고 눈물을 질질 짜며, 제발 살
려달라고. 이제 내가 같은 대답을 돌려줄 차례다.

"누가 널 죽인댔어?"

지그시 바라보는 너의 시선을 오래 버티지 못하고 나는
고개를 돌려버린다. 더는 겁먹지 않아도 된다는 걸 알면서
도 저절로 그렇게 된다.

"미안해."

네가 사과한다. 기억을 하지 못하는 네가 사과를 한다.
아니, 기억을 하지 못한다고 주장을 하는 네가 사과를 한
다. 나는 믿을 수 없다.

"뭐가 미안한데?"

"너를 괴롭혀서 미안해."

그게 너의 대답, 어처구니가 없는 대답이다. 괴롭힘이라

는 말은 네가 나한테 한 짓에 붙이기에는 지나치게 귀여운 표현이다. 그건 어린아이들이 막대 사탕을 뺏었을 때나 쓰는 말이다. 너는 나를 짓밟았다. 짓밟고 짓이겼다. 짓이기고 찢어발겼다.

"너 정말 기억 못 해?"

"미안해."

너는 고장 난 라디오처럼 계속해서 같은 말을 반복한다. 화가 난다.

"미안하다고 하지 마. 미안하지도 않으면서. 그거 내가 가장 싫어하는 말이야. 똑같은 말을 들은 적이 있어. 나를 이긴 상대가 인터뷰를 할 때 말하는 거야. 저 때문에 승리를 놓친 박선용 선수에게는 미안하네요. 미안하면 이기지 말든가. 그런 말을 하는 놈들한테는 다신 지지 않았어. 여기서 네가 나한테 사과하는 방법은 하나야. 뭔지 알아?"

생각을 해볼 노력도 하지 않고 너는 나를 본다.

"생각을 해봐."

나의 말에도 너는 순진하게 눈을 깜빡일 뿐이다. 마치 네게는 아무런 죄가 없다는 듯. 간단한 답조차 생각하지 못하는, 아니 생각을 하려는 시도조차 하지 않는 너 때문에 나는 외롭다. 오른쪽 소매를 걷어 너에게 보인다. 네가 남긴 자국. 보기 싫다는 듯 네가 눈을 아래로 내리깐다.

"고개 들고 똑바로 봐."

말을 듣지 못했는지 너는 여전히 토라진 아이처럼 고개를 숙이고 있다. 너는 단단히 착각하고 있다. 한가하게 대화나 나눌 생각이었다면 너를 이렇게 결박하지도 않았을 것이다. 나는 네 뒤에 서 있는 민우를 바라본다. 내 뜻을 읽은 민우가 네 뒤로 다가가 머리채를 붙잡고 고개를 들도록 만든다.

"뭐, 뭐 하는 거야."

두려움 때문인지 너는 말을 더듬는다. 그 시절에는 한 번도 들어보지 못한 종류의 음성. 민우를 향해 됐다는 뜻으로 고개를 끄덕인다. 그가 잡고 있던 머리채를 놔준다. 많이 놀랐는지 너는 눈을 빠르게 깜빡인다.

"나는 네가 모든 일들을 기억했으면 좋겠어. 나처럼 선명하게. 그래야 제대로 사과를 할 수 있으니까."

네 동공이 크게 흔들린다. 무슨 말을 하려는 듯 붉은 입술이 천천히 열린다.

"나도 정말로 기억을 하고 싶어."

"걱정하지 마, 그렇게 되도록 도와줄게."

"무슨 뜻이야?"

너무 쉽게 질문을 던진다. 생각을 하는 시늉도 하지 않는다. 자리에서 일어나 네 앞으로 간다. 괜찮다. 너의 팔다리는 의자에 묶여 있으니 겁먹지 않아도 된다. 나는 그 사실을 재차 머릿속에 새긴다. 네 앞에 서서 너를 내려다본다. 너는 나를 올려다본다. 예전과는 반대인 구도. 주인이 뒤바뀐 꿈에 들어온 기분이다. 나는 오른손을 든다. 의도를 눈치챈 민우가 의자의 등받이를 붙잡는다. 너는 그저 멀뚱하게 내가 든 손을 바라볼 뿐이다. 그 모습은 마치 태어나서 한 번도 맞아보지 않은 강아지 같다. 어이가 없네. 웃음이 터진다. 있는 힘껏 팔을 휘둘러 네 뺨을 때린다. 생각보다 둔탁한 타격음과 함께 네 고개가 왼쪽으로 돌아간다. 네가 맞을 걸 예상하며 고개를 돌리지 않은 탓에 손목이 시큰거린다. 네가 다시 나를 본다.

"왜 생각도 하지 않고 말해? 사람이 물어보면 최소한 생각은 하고 말해야지. 너 머리가 나빠? 아니면 내가 그렇게 우스워?"

온몸의 피가 빠르게 도는 게 느껴진다. 너를 때렸던 손가락 끝에서부터 찌릿찌릿한 감각이 올라오며 눈앞이 흐려진다. 중요한 경기를 앞뒀을 때와는 비교도 되지 않을 긴장감에 잠시 눈을 감고 심호흡을 한다. 다시 눈을 뜨면 네가 눈앞에 있다. 눈을 떴을 때 네가 앞에 있는 건, 내가 매일같이 시달리던 악몽이다. 자퇴를 하고 이제 마주칠 일이 없다는 걸 알면서도, 잠을 자기가 두려워 매일매일 컴퓨터 앞에 앉아 있었다.

"이 말 기억 안 나? 네가 나한테 자주 하던 말인데. 나는 그때 내가 머리가 나쁘다고 생각했어. 자꾸 너를 화나게 하니까 나 같은 건 당연히 맞아야 된다고 생각했는데. 기억나?"

"미안해."

또 같은 말이 돌아온다. 나를 무시하는 건가. 정말 패고 싶네. 너도 나를 찢어발길 때 이런 기분이었을까. 뜻밖에도 나는 너를 조금 이해하게 된다.

"나는 기억이 나냐고 물었잖아. 누가 마음대로 미안하래. 앞으로 그 말 할 때마다 한 대씩 맞는 거야. 알았지?"

너는 대답하지 않고 입을 다물어버린다. 그런 너의 태도 때문에 마치 내가 나쁜 사람처럼 느껴진다.

"대답해."

"선용아, 이거 잘못하는 거야. 정말 큰일 날 수도 있어. 여기서 끝내면 나도 어디 신고 안 할 테니까 그만해."

회유를 하는 듯 부드러운 목소리와 걱정스럽다는 눈빛으로 네가 말한다. 아니, 협박한다. 그런 태도에 대해 나는 잘 알고 있다. 네가 어디 가서 실수할까 봐 이러는 거야, 내 마음 이해하지? 그런 말에 잠깐 긴장을 놓으면 너는 더 악랄하고 잔인한 방식으로 다시 숨통을 죄어오곤 했다. 여전히 내가 그 시절 멍청한 중학생이라고 생각하는 걸까.

"지금 네가 날 걱정할 상황이야?"

내가 어떤 각오로 여기까지 왔는지 너는 알지 못한다. 그걸 확실히 알려줄 필요가 있다. 왼손을 들자 아까와는 다르게 네가 어깨를 움츠리며 고개를 한쪽으로 비튼다. 그 모습을 보니 웃음이 나온다. 폭력은 인간에게 금방 흔적을 남긴다.

"사실 넌 한 번도 얼굴은 때린 적 없었어."

발끝으로 너의 정강이를 걷어찬다. 타격을 받은 네가 허리를 앞으로 굽히며 숨을 토해낸다. 얼굴에 맞겠다 싶어 손으로 가리는데 복부로 주먹이 날아오고, 다시 복부에 맞겠다 싶으면 허벅지를 걷어차는 게 너의 방식이다. 그렇게 예상치 못한 부위를 맞으면 숨이 턱턱 막혀 오곤 했다.

"머리에 손을 올리게 하거나, 무릎을 꿇리고 허벅지나 배, 정강이 같은 곳만 집요하게 때렸지. 증거가 남으면 안 되니까. 기억 안 나?"

대답이 돌아오지 않는다. 이런 상황에서까지 너는 나를 무시하는 걸까?

"내가 묻잖아. 왜 대답 안 하는데? 아직도 내가 우스워?"

앉아 있는 너의 허벅지 위에 발뒤꿈치를 올린다. 이 역시 내가 자주 당하던 방식이다. 그때 나는 묶이지도 않았는데 덤비기는커녕, 도망칠 엄두조차 내지 못했다. 그런 나를 너는 얼마나 등신이라고 생각했을까.

"미안해."

질문에는 대답하지 않고 너는 무작정 사과부터 한다. 고개를 숙인 채 미안하다고 하는 네 모습이 더 화를 돋운다. 너는 나를 열받게 하기 위해 만들어진 생물 같다. 뒤꿈치에 힘을 더해 누른다. 갓 잡은 활어처럼 꿈틀거리는 네 허벅지 근육이 발 아래로 느껴진다.

"미안하다고 하지 말랬잖아. 너는 정말 끝까지 나를 무시하네."

　말을 하고 나니 문득 웃음이 나온다. 너도 정확하게 나에게 같은 말을 했었다. 그때 무턱대고 미안하다고만 말하는 내 앞에서 너는 정말로 무시를 당했다고 생각했겠구나. 벌레 같은 새끼가 무시해서 화가 났겠지. 나는 네가 조금씩 이해가 된다. 나는 이렇게 너를 이해해 가고 있는데, 왜 너는 기억조차 못할까?

　"그, 그만해."

　네가 거의 울먹이듯 말한다. 집중은 하지 않고 자꾸 눈앞의 고통을 회피할 생각만 하는 너 때문에 나는 점점 외로워진다.

　"왜?"

　뒤꿈치에 조금 더 체중을 실으며 묻는다. 네가 격렬하게 고개를 좌우로 젓는다. 나도 해본 짓이지만 그런다고 아픔은 가시지 않는다. 그냥 딸꾹질이나, 재채기처럼 저절로 나오는 반응일 뿐이다. 허벅지에서 발을 뗀다. 그제야 네가 오랜 잠수를 마치고 나온 사람처럼 거칠게 숨을 몰아쉰다.

　"대답해. 왜 그만해야 하는데, 내가?"

네가 골똘한 표정으로 눈을 두어 번 깜빡거린다. 머리 굴리는 소리가 들린다는 말이 이런 뜻일까.

"이런 짓을 하면 너는 나와 같은 사람이 될 뿐이야."

그게 너의 대답이다. 웃음이 터진다. 나의 웃음에 놀라며 네가 몸을 움찔거린다. 어떻게 그렇게 생각할 수 있지? 너는 생각이 없는 걸까. 아니면 양심이 없는 걸까?

"정말 우리가 똑같다고 생각해, 너는?"

확신이 없는 듯 네가 다시 고개를 숙인다. 정말로 기억이 나지 않는구나. 웃긴데 화가 나고, 화가 나는데 웃기다. 너는 또 나의 질문에 대답하지 않는다. 진짜 너무하네. 나는 주먹으로 있는 힘껏 네 배를 때린다. 맞는 순간 네 입에서 침이 튀어나오며 팔목 안쪽에 묻는다.

"더럽게. 내가 물으면 대답하라고 했잖아."

"잘못했어."

한참을 침묵한 끝에 네가 말한다.

"미안하다고 하지 말라니까 잘못했다고 하는 거야? 너는 아직도 내가 그렇게 우습지?"

개 같은 새끼.

"형, 그만해요."

정신을 차려보니 민우가 뒤에서 내 어깨를 잡으며 말리고 있다. 의자에 묶인 채 옆으로 쓰러져 신음하는 네 모습이 보인다. 예나 지금이나 너는 나를 미치게 하는 유일한 사람이다. 그게 조금 미안하다.

"미안."

"괜찮아요."

무엇에 대한 사과인 줄도 모르면서 민우가 그저 고개를 끄덕인다. 잘 모르겠다. 왜 나 같은 사람에게.

"그 표정 짓지 말라고 했잖아요."

그런 생각을 할 때마다 어김없이 날아오는 말이다. 민우가 말하는 그 표정을 정작 나는 본 적이 없다. 내가 어떤 얼굴로 그를 바라보았을까 궁금해 거울 앞에 서봐도 도저히 찾아낼 수 없었다. 내가 모르는 나의 표정을 아는 사람. 내가 사람이라는 사실을 자각하게 만드는 사람. 민우가 바닥에 쓰러진 너를 다시 일으켜 앉힌다. 너무 먼 곳까지 데려온 듯싶어 걱정이다.

"고마워."

"뭘요."

너는, 울고 있다. 소리를 내고 싶지 않은지 입을 꼭 다물고 있지만 눈에서 눈물이 나오고 있다. 내 앞에서 네가 운다. 나는 송곳니 아래에 혀를 두고 살짝 깨물어 본다. 꿈이 아니다. 수치스러운 듯 너는 고개를 외로 틀고 바닥을 바라보고 있다. 기분이 좋아야 하는데.

"영빈아, 운다고 해결되는 게 아니잖아. 네가 지금 뭘 해야 하는지 모르겠어?"

나는 너의 화법으로 말한다. 네 말은 모두 맞았다. 운다고 해결되는 건 하나도 없다. 네가 했던 그 말이 나의 좌우명이 되었다. 그 말에 이끌려 프로게이머가 됐고, 세계대회에서 우승을 했으며, 지금 여기까지 왔다. 모두 나를 향해 성공했다고 말했지만 그런 건 나에게 아무래도 좋았다. 오로지 네가 유명해진 나를 보기를 바라며, 두려워하기를 혹은 조금이나마 양심의 가책을 느끼기를, 그도 아니라면 너와 나를 비교하며 자괴감에 빠지기를 바랐다. 그게 내가 설정한 목표였으며 성공이었다. 나는 한순간도 잊어본 적이 없다. 그런데 너는, 너는 어째서?

"대답해."

"기억……"

울음을 삼켜가며 네가 말한다. 맞기 싫어서 하는 대답이 겠지만, 이제야 조금은 통하는 기분이 든다. 폭력은 이렇 게 위대하다. 사람을 변하게 만들 수 있는 가장 빠른 방법 이다. 칭찬의 의미로 주머니에서 손수건을 꺼내 너의 얼굴 을 닦아준다.

"내가 너를 도와줄게. 이 손수건 기억나?"

"아니."

이제 너는 대답을 잘한다.

"네 엄마가 우리 집에 온 날에 두고 간 물건이야. 나는 그렇게 아름다운 사람을 처음 봤어. 너는 그런 사람한테 사랑을 받는 거잖아. 그러니까 그런 사람이 수챗구멍 같은 우리 집까지 와서 정신이 오락가락하는 할머니한테 무릎 까지 꿇은 거잖아. 이건 불공평하잖아. 나를 찢어발긴 너 는 모든 걸 다 갖추고 그토록 가볍게 빠져나가는데, 왜 나 는 그 더럽고 냄새나는 수챗구멍 속에 처박혀서 지금까지 도 이렇게 괴로워야 하는데. 너는 엄마 말을 잘 듣는 사람 인가 봐. 그치?"

네가 날카로운 눈빛으로 고개를 든다. 도망가, 도망가. 다시 머릿속에 사이렌이 울린다. 가족 이야기가 심기를 건

느린 모양이다. 부럽다. 정말.

"그때 나한테 돈을 건네며 네 엄마가 해준 말이 있어. 잊으라고. 잊는 편이 나에게 좋다고. 정말 걱정이 된다는 듯 부드럽고 달콤한 목소리로. 이 사람이 우리 엄마가 아닐까 착각이 들 정도였지. 그 말을 들었으면 좋았을 텐데. 그랬으면 지금 우리가 이렇게 마주할 일은 없었을 텐데. 그런데, 그런데 영빈아. 그렇게 아름다운 사람이 해준 말을 어떻게 잊겠어."

"네가 뭘 알아."

차가운 네 음성에 반응하며 팔뚝에 닭살이 돋는다. 엄마에 대한 이야기가 나오자 너는 유난히 신경질적이 된다.

여기가 두 번째 카드를 꺼낼 타이밍이다. 나는 휴대폰을 꺼내 저장해 두었던 동영상을 찾는다. 멈춰 있는 화면 안에는 장소를 특정할 수 없는 하얀 벽을 배경으로 이제는 늙어버린 남자가 앉아 있다.

"이 사람 기억나?"

"오태완 선생님."

원망스럽게도 네 입에서는 쉽게 이름이 나온다. 누군가 너의 머릿속에서 나에 대한 기억만 깔끔하게 메스로 도려

낸 것일까. 나는 플레이 버튼을 눌러 영상을 재생시킨다. 소리를 높이기 위해 버튼을 누르자 영상 속 오태완의 눈 위로 볼륨 바가 생겨난다.

영상의 내용은 간단하다. 과거에 있었던 네 어머니, 그러니까 탤런트 유현정과 당시 담임을 맡았던 오태완 사이에 있었던 커넥션에 대한 고백이다. 유현정으로부터 돈을 받은 오태완이 당시 피해자였던 박선용의 보호자를 구슬려 자퇴시켰다는 팩트와 그 사이에 몇 가지 거짓말을 섞은 양심 고백. 오태완의 증언에 따르면 처음에는 거부하려고 했던 그를 네 엄마인 유현정은 노골적으로 유혹하려고 했다. 그리고 나중에는 있지도 않았던 일을 가지고 협박을 했다. 네 엄마는 유명한 탤런트였고, 오태완은 일개 평교사였을 뿐이다. 게다가 오태완에게는 지켜야 할 가정이 있었다. 추문이 터지면 여러 가지로 불리한 입장이었다. 결국 잘못된 일임을 알면서도 그는 유현정의 제안을 받아들일 수밖에 없었다. 뭐 그런, 상투적인, 그래서 더 믿음이 가는 스토리. 마지막으로 오태완이 자리에서 일어나 허리를 굽혀 사과하며 영상은 끝이 난다. 재생되는 영상을 눈 한 번 깜빡이지 않고 본 네가 고개를 돌려 나를 바라본다.

"오늘 저녁에 업로드될 영상이야."

"뭐라고?"

네가 되묻는다.

"들었잖아. 선생님, 참 좋은 사람이더라. 돈 주니까 무슨 일인지 묻지도 않고."

"이건 아니잖아."

"왜?"

"나에서 끝내."

너는 무언가 착각을 하고 있다. 그건 네가 정하는 게 아니다.

"네 엄마가 우리 집에 왔다가 돌아간 이후에 나는 한참 동안 할머니에게 혼이 났어. 귀하신 분의 자제에게 누를 끼치면 어떻게 하냐면서 말이야. 어이가 없지? 나는 그날 이후로 할머니가 나의 가족이라고 생각할 수 없었어."

완전히 혼자가 된 기분. 무척 외로웠던 나에게는 내가 나라는 사실을 잊을 무언가가 필요했고, 그것이 게임이었다. 다른 무엇보다도 바깥으로 나가지 않아도 된다는 사실이 가장 좋았다. 바깥은 위험했다. 문밖에는 네가 기다리고 있을 테니까. 선용아, 어디 갔었어. 찾았잖아. 네가 골목길

끝에 서서 나를 향해 손짓하고 있었다. 그 더러운 수챗구
멍 속이 나에게 가장 안전한, 어울리는 장소였다.

"이건 다 거짓말이잖아."

아직도 순진한 소리를 하는 너는 조금 안쓰럽다.

"정말 그렇게 생각해?"

나의 질문에 네가 얼른 대답하지 못하고 머뭇거린다.

"봐봐, 너도 못 믿잖아. 아직도 모르겠어? 중요한 건 사
실이냐, 아니냐가 아니야. 그런 건 얼마든지 만들어 낼 수
있어. 네가 기억만 하면 이 영상은 삭제해 줄게."

"그게 왜 그렇게 중요한 건데. 내가 미안하다고 했잖아.
보상이 필요하면 할게."

짐짓 화가 난 사람처럼 네 목소리가 커져 있다. 조금 말
을 맞춰주니 우리가 친해진 줄 착각하는 듯하다. 보상이라
니.

"뭐로 보상할 건데? 돈? 아니면 뭐?"

"뭐든 네가 원하는 거."

"그래, 내가 원하는 건 네가 기억을 찾는 거."

그리고 평생을 기억하는 거다. 더 욕심을 부리자면 그 기
억 때문에 나처럼 평생을 괴로워하는 거다. 내가 그랬듯

이. 내가 그렇게 만들어 줄게. 네가 그랬듯이. 나는 네 뒤로 걸어간다. 갑작스러운 움직임에 당황한 네가 고개를 좌우로 돌리며 나를 보기 위해 노력한다. 나 역시 그럴 때가 있다. 길을 걷다 말고 네가 나를 지켜보고 있을까 봐 문득 뒤를 돌아볼 때. 네가 기억조차 하지 않는 줄도 모르고, 나 혼자만 그렇게 생각했던 것이다.

"괜찮아요?"

민우가 묻는다. 내가 또 어떤 표정을 지었기에 그렇게 묻는 걸까. 네 앞에 있으니 자꾸만 그를 잊게 된다.

"응, 괜찮아."

미안하다는 말이 나가려는 걸 가까스로 참고 대답한다. 그를 위해서라도 여기에서 멈춰야 하지 않을까. 생각을 읽은 듯 민우가 나에게 담뱃갑을 내민다.

"잠깐, 기억이 났어."

담뱃갑을 본 네가 다급하게 말한다. 나는 담뱃갑으로 뻗던 손을 거두고 네 눈을 바라본다. 네 눈동자는 정말로 진실을 말하고 있다는 듯 진정성 있게 빛이 나고 있다. 보는 사람으로 하여금 기대를 품게 만드는 눈이다.

"정말?"

"응."

네가 빠르게 고개를 끄덕인다.

"그럼, 말해봐. 네가 그날 몇 번이나 나를 짓밟았는지."

"무슨 뜻이야."

나는 슬며시 손을 뒤로 감춘다. 네 눈이 불안하게 흔들린다.

"네가 내 팔을 몇 번이나 지졌는지 말해보라고."

말을 하는 동시에 머릿속에 기억이 스친다. 불안을 감추기 위해 아랫입술을 깨문다.

"일곱…… 일곱 번."

한참 만에야 네가 주저하듯 대답한다. 항상 당당해야 하는데, 실망스러운 모습이다. 나는 민우 쪽으로 걸음을 옮긴다. 이제부터는 되돌릴 수 없다. 그가 천천히 고개를 끄덕인다.

"미안해."

기어코 내 입에서 그 말이 튀어나온다. 민우가 장난스럽게 미간을 찌푸리며 고개를 내젓는다. 이런 사람이 왜 나 같은 것 옆에 있어 주는 걸까. 돈 때문일까. 또다시 나쁜 생각이 시작되려고 하자 민우가 나의 머리에 손을 얹고 손가락을 세워 천천히 긁어준다. 그의 손에 들린 담뱃갑을 받아 다시 네 앞으로 간다.

"왜 그래, 내가 맞잖아. 하지 마."

무슨 일이 벌어질지 예상한 듯 하얗게 질린 얼굴로 네가 말한다. 내가 마치 무슨 약속이라도 했다는 듯 억울한 표정이다.

"왜 오버하고 그래. 사람은 이 정도로 안 죽어. 알잖아?"

내가 그 증거다. 너는 격렬하게 고개를 좌우로 흔든다. 의자가 흔들리자 민우가 뒤에서 등받이를 잡아준다. 미리 준비해 두었던 사냥용 나이프를 칼집에서 꺼내 보인다. 번쩍이는 칼날을 본 네가 행동을 멈춘다.

"허튼짓하면 바로 찌를 거야. 한쪽 손만 좀 풀어줄래? 오른손으로."

민우가 걱정스러운 눈으로 나를 바라본다. 네 손이 닿지 않을 만한 위치에 칼을 두고 괜찮다는 뜻으로 고개를 끄덕인다. 민우가 네 오른쪽 손에 묶인 수갑을 푼다.

"이러지 마."

풀려난 오른손을 휘저으며 겁먹은 목소리로 네가 말한다.

"이건 아무것도 아니야."

담배로 팔을 지지는 것 따위는 정말 아무 일도 아니다. 몸의 상처는 금방 낫고 그 자리에는 흉터가 남는다. 평생 몸에 새겨진 낙인. 그때부터가 진짜다. 흉터는 악몽의 스위치다. 흉터를 볼 때마다 곰팡이처럼 걷잡을 수 없이 증식하는 기억들, 생각들, 마음들. 웃고 있던 네 표정, 반항한 번 하지 못하고 짓밟는 대로 뭉개지고 있는 병신 같고 쓸모없는 나, 그리고 이 모든 일들이 언제든 다시 시작될 수 있다는 공포가 시시각각 덮쳐왔다. 매번 꿈속에서 너는 내 팔을 지졌고, 그때마다 비명을 질러댔다. 언제나 비열할 정도로 생생했다. 이제 너에게도 스위치를 만들어 줄 차례다.

"팔 좀 잡아줄래."

민우가 네 팔을 잡는다. 너는 의외로 반항하지 않고 순순히 팔을 붙잡힌다. 담배를 입에 물고 불을 붙이는데 잘 붙지 않는다.

"빨아들여야 해요."

숨을 들이마시자 목을 바늘로 찌르는 듯한 감각과 함께 기침이 터져 나온다. 그제야 담배 끝에 빨갛게 불이 들어온다.

그날, 너는 유난히 기분이 좋지 않아 보였다. 보통은 어떻게든 꼬투리를 잡아서 짓밟았지만, 그날은 아무 이유가 없었다. 그냥 내가 좋아하는 게임을 하자고 했다.

"자, 소리 낼 때마다 하나씩 늘어나는 거야. 재밌겠지?"

나는 너처럼 말한다.

"그만해."

힘없는 목소리가 돌아온다. 팔목 안쪽을 향해 천천히 담배 끝을 가져간다. 팔목에서부터 손가락 세 마디 정도의 위쪽, 네가 처음으로 지졌던 그 위치다. 매일 나를 괴롭히던 악몽이 눈앞에서 재연된다. 손이, 떨린다. 눈앞이 흐려진다. 겁이 난다. 왜 겁을 내는 거야. 정신 차려 이 쓰레기야.

"맞혔잖아, 제발 그만해."

채 닿기도 전에 네가 소리를 지른다.

"깨질 수 있으니까 너무 이 악물지 마."

불이 닿자 네 팔이 마치 다른 생명체처럼 굼실거린다. 꿈에서와는 다르게 치지직, 하는 소리는 나지 않는다. 그리고 냄새가 난다. 담배 냄새에 미묘하게 섞인, 뭐라 형용할 수 없는 고소한 듯 비릿하고, 절대 꿈이 아님을 말해주는 그런 냄새가 코를 타고 뇌 안쪽까지 타고 들어와 기억을 무자비하게 끄집어낸다.

"소리 냈으니까, 하나 더."

속에서부터 올라오는 구역질을 참으며 말한다. 밤중에 전화를 해서 십 분 내로 오지 않으면 죽여버리겠다고 말하는 너 때문에 나는 정신없이 달렸다. 숨이 찬다. 너는 불그죽죽한 얼굴로 소리를 내지 않기 위해 이를 악물고 있다. 그때 내 얼굴도 이랬을까. 다시 냄새가 난다. 있잖아, 너 진짜 벌레 같아. 되게 끈질겨. 왜 사는 거야? 나 같으면 뒤졌다. 기억을 찾아야 하는 건 너임에도 오히려 나의 기억만 선명해진다. 무언가 잘못됐다.

"잘 참네."

담배를 바닥에 버리며 말한다. 여기서 그만두기로 한다. 더 했다가는 내가 버틸 수 없을지도 모른다. 네가 안도하듯 어깨를 늘어뜨린다. 그 순간 긴장이 풀려버린 탓인지 네 바지 앞섶이 축축하게 젖는다. 스스로에게 놀란 듯 너는 고개를 숙인 채 움직이지 않는다.

"그래도 난 오줌은 안 쌌는데."

비아냥거림에 네 귀가 붉게 물든다. 고통을 참을 때와는 전혀 다른 화사한 붉은색. 부끄러워하는 임영빈이라니, 그 모습이 너무 사람처럼 보여 당혹스럽다. 이러려고 시작한 일이 아니다. 마음을 다잡아야 한다. 다시 담뱃갑을 집어 든다. 이제까지와는 다르게 너는 기도하듯 지그시 눈을 감는다. 이건 체념일까?

"뭐 하는 거야?"

"그냥 네 화가 풀린다면 다 받아들여야겠다고 생각했어."

받아들인다니, 너는 여전히 오해를 하고 있다.

"너는 지금 내가 화풀이를 하고 있다고 생각해?"

"그, 그런 뜻이 아니고. 그때 내가 너에게 그런 일을 했지만, 지금의 나는 다른 사람이라는 거야. 그러니까 너한테 사과를 하고 싶은 거고."

"정말 기억이 난 거야?"

나의 물음에 네가 천천히 고개를 끄덕인다.

"미안해."

동시에 죽기보다 듣기 싫은 말이 다시 네 입에 걸려 나온다. 나는 네가 보는 앞에서 오른팔을 든다. 네가 반사적으로 몸을 움찔거린다. 천천히 오른팔에 붙어 있는 흉터를 떼어낸다.

"너는 임영빈답지 않게 거짓말이나 하고."

처음부터 네 개는 가짜였다. 너는 멍한 표정으로 눈을 끔뻑이며 세 개만 남은 흉터를 바라본다. 자, 이제 너는 어떻게 할래?

"이게 뭐야."

짐짓 화가 난 사람처럼 묻는 네 얼굴은 더 붉은빛으로 물들어 있다. 무엇보다도 거짓말을 했다는 사실을 간파당해 아니, 자신이 거짓말을 했다는 사실 그 자체에 대해 화가 난 모습이다. 넌, 그런 사람이니까.

"방송 중에 실수처럼 상처를 내보이고, 며칠 뒤에 너의 신상을 캐는 글이 올라오고, 그리고 결국 네가 여기에 앉아 있는, 이 모든 일들이 너는 그냥 우연이라고 생각해?"

충격을 받은 듯 너는 말이 없다.

"여기에서 우연은 딱 하나야. 네가 기억하지 못했다는 거. 네가 기억만 했어도 우리는 지금쯤 함께 봉사활동을 하고 있었을 거야. 그랬다면 나를 제외하고 모두가 행복했겠지. 나는 정말 거기서 멈추려고 했어. 그런데 너는, 거

짓말이나 하고. 사람을 속이고. 그러면서 뭐가 달라졌다는
거야?"

"미안해."

네가 고장 난 인형처럼 같은 말을 반복해서 내뱉는다. 그
때 머릿속에 괜찮은 생각이 떠오른다. 이거라면 너도 기억
을 해낼 수 있을지도 모른다.

"이제 네 차례야."

담배를 한 개비 꺼내 네게 내민다. 예상 밖의 행동에 놀
란 네가 고개를 들어 나를 쳐다본다.

"뭐 하는 거예요."

민우의 목소리가 들려온다. 화가 난 목소리를 들으니 뜻
밖에도 안심이 된다. 언제나 애정을 의심하고, 확인을 해
야만 안도하는 나는 정말 역겨운 인간이다. 그에게 이런
모습을 보이고 싶지 않다.

"민우야, 미안한데 잠깐만 나가 있을래?"

그는 대답하지 않고 그저 나를 보고 서 있을 뿐이다. 무
슨 생각을 하고 있을까. 어쩌면 나에게 질렸을까. 너는 내
가 내민 담배를 받지 않고 바라만 보고 있다.

"뭐 해. 받아. 네 차례라니까. 아니면 다시 내가 할까?"

그제야 너는 몸서리를 치고는 담배를 받아 입에 문다. 라이터로 불을 붙여준다. 네가 담배를 깊게 한 모금 빨아들인다. 담배 끝이 붉게 깜빡이며 타는 소리가 귓가를 맴돈다. 나는 네 앞에 오른팔을 내민다. 분장을 떼어낸 자리에 거스러미가 남아 표적지처럼 보인다.

"왜 이렇게까지 하는 거야."

네가 담배 연기를 내뿜고는 묻는다. 질린다는 표정을 보자 입술이 떨어지지 않는다. 불꽃이 다가온다. 심장이 입 밖으로 튀어나올 것처럼 뛰기 시작한다. 불꽃이 팔에 닿는다. 그와 동시에 기억들이 뜨거운 송곳처럼 머릿속을 마구 찔러댄다.

너는 모른다. 내가 얼마나 오랜 시간 동안 너와 함께였는지. 소리를 내면 네가 나를 죽일 것이다. 입술을 깨문다. 입술이 터져 피가 흘러내린다. 문득 고개를 들자 울고 있는 네 모습이 보인다. 그건 네가 아니다. 나처럼 변해버린 너에게는 가망이 없다. 나는 담배를 든 네 손을 쳐낸다.

"여기서 네가 울면 어떻게 해!"

이번에도 실패다. 너는 풀려 있는 한쪽 손으로 얼굴을 가리고 어린아이처럼 아니, 언젠가의 나처럼 울고 있다. 나는 그런 너를 본다. 더는 가망이 없다는 생각이 든다. 다틀렸다.

이 인생은 완전히 잘못됐으며, 되돌릴 수 없다.

나는 너와 민우를 번갈아 본다. 나에게 가장 소중한 아니, 중요한 두 사람이 각각 다른 표정으로 나를 보고 있다. 결정을 할 때다.

"민우야, 내려가서 소독약하고 먹을 거 좀 가져다줄래? 갈아입을 팬티랑 바지도. 너랑 얼추 사이즈 비슷하겠다."

"네?"

"들었잖아. 나는 잠깐 둘이 얘기 좀 할게."

칼을 다시 칼집에 꽂으며 말한다.

"잘 생각했어요."

오늘 처음으로 보는 밝은 표정이다. ……하고 싶지 않았구나. 그러면서 여기까지 잘도 따라왔구나. 잘 생각한 걸까?

아무도 나를 이해하지 못한다.

민우가 밖으로 나가고 이제야 창고 안에는 너와 나 둘만 남는다. 빈 의자를 끌어다 앞에 앉자 축 늘어져 있던 네가 긴장을 하며 자세를 고쳐 앉는다.

"아직도 기억 안 나?"

한참 만에야 코를 훌쩍이며 네가 고개를 끄덕인다. 허탈함에 웃음이 터진다.

"나는 언제나 네가 어디선가 지켜보고 있다고 생각하며 살았어. 그리고 유명해질수록 그러기를 더 바랐지. 어떤 이유에서건 나를 보며 불편해졌으면 좋겠다고 생각했어. 오로지 그 생각뿐이었어. 겨우 그 정도가 내가 생각한 복수였던 거야. 그런데 너한테는 이게 다 기억조차 못 하는 일이라니."

"미안해."

"기억도 하지 못하는 네가 어떻게 미안할 수가 있는데."

"그래도 내가 한 짓이잖아."

너는 참 쉽게 대답한다.

"부탁이 있어. 거짓말로라도 다시 기억이 났다고 말해줄래?"

잠시 생각에 잠긴 듯 너의 눈동자가 왼쪽으로 기울어진다.

"그건 너를 기만하는 일이잖아."

아니, 그게 아니다. 이미 거짓말을 들켜버렸으니, 너는 인정하고 싶지 않을 뿐이다. 이제 거짓으로라도 그걸 인정하는 순간 네 자신이 무너질 테니까. 나를 위해서 그 무엇도 해줄 마음이 없는 너는 끝까지 오만하다.

"그래. 이제 다 끝났으니까 풀어줄게."

자리에서 일어나 네 뒤로 걸어간다.

"이제 다시는 만날 일 없을 거야. 마지막으로 할 말 없어?"

거짓말이지만.

"미안해."

지겨운 말.

"미안하지 않아도 돼. 앞으로 네 눈에는 나만 보일 거니까."

나는 네 귓가에 대고 밀어처럼 속삭이며 칼을 꺼내 네 얼굴을 잡고 왼쪽 눈에 깊게 찔러 넣는다. 너는 비명조차 지르지 못한다. 손에 힘을 주어 칼날을 오른쪽으로 가져간다. 칼끝이 네 완벽한 콧대에 걸려 잘 나아가지 않는다. 칼날을 살짝 눕혀 움직여 칼날을 네 오른쪽 안구까지 무사히 도달시킨다. 그제야 네가 비명을 지른다. 네 눈 위로 생긴 기다란 선에서부터 나온 붉고, 따뜻한 피가 손등을 타고 흘러내린다. 이런 온기를 언제 느껴봤더라?

손을 놓자 옆으로 쓰러지며 비명을 지르는 너를 뒤로하고 나는 밖으로 나온다. 뜻밖에도 바람이 땀을 시원하게 식혀준다. 그제야 내가 이제까지 아주 덥고 답답했던 곳에 있었음을 실감한다. 옥상 난간 위에 선다. 발밑으로 세상이 보인다. 움직이는 모든 것들은 목적지를 가지고 있는 듯하다.

나 같은 것은 아랑곳하지 않고 돌아가는 이 세상은 모두 꿈이다. 아니, 악몽이다. 이제는 이 악몽에서 깨어날 시간. 그때 이후로 나는 처음으로 세상을 향해 뛰어든다. 세상이 빠른 속도로 나에게 다가온다. 너와 함께 살아갈 세상이.

지난 시간 동안 나는 너와 함께였어,

이제 네 속에서 나는 다시 태어나는 거야.

이제까지처럼 우리는 함께, 영원히.

*

괴물(Re:BORN)

문종필 문학 평론가

소설 속 인물은 세상과 갈등하고 고민하고 번뇌하고 쓰러진다. 그는 세상에서 자신이 제일 고통스럽다고 여긴다. 그가 이렇게 견디기 힘들어 하는 이유는 결핍이 있기 때문이다. 그래서 그는 벗어날 수 없는 세계 속에 갇힌 채 자신이 서 있는 공간에서 탈출구를 찾는다. 절박한 상황에서 만든 임재범의 노래 〈고해〉(1998)의 가사 한 구절[1]처럼 누군가를 사랑하는 대가로 '죄'와 '벌'을 온전히 받아드리겠다는 각오로 미래(마침표)를 향해 질주한다. 그 방식이 비극

---

[1] "어디에 있나요/ 제 얘기 정말 들리시나요/ 그럼 피 흘리는/ 가엾은 제 사랑을 알고 계신가요/ 용서해주세요/ 벌하신다면 저 받을게요/ 허나 그녀만은/ 제게 그녀 하나만 허락해 주소서" 1998년에 선보인 가수 임재범의 3집 〈고해〉에 수록된 곡이다.

일 수 있고 희극일 수 있지만, 독자들은 그 어떤 방식도 완벽하거나 온전하다고 단정 짓지 않는다. 작품 속 인물이 견디는 태도나 마음이 설득적이냐 그렇지 않느냐에 더 신경 쓴다. 논리적이고 합리적인 설득일 경우에는 윤리가 도덕을 앞서기도 하고, 덜 설득적일 때는 냉정하게 시시한 이야기로 치부해 버린다. 중요한 것은 소설 속 인물은 저자마다의 사연을 품은 채, 독자 앞에 앉아 고백하는 인물이라는 것이다. 이것을 두고 소설의 짜임과 구조를 이야기할 수 있겠지만, 이 논리가 소설가의 위치를 결정짓는다. 설득의 방식은 소설가의 성격처럼 각양각색하다. 같은 서사여도 '어떻게' 표현할 수 있는가를 고민하는 창작 주체에 따라 전혀 다른 행동방식을 갖는다. 언어로 만들어진 가여운 이 인물은 책이라는 또는 웹이라는 공간에서 벗어날 수 없지만, 언어에 묻은 상상이라는 힘을 빌려 자신의 이야기를 끝까지 밀고나간다. 그것이 실패이든 성공이든 상관없이 언어 스스로 발악하며 마침표를 향해 달려간다. 그래서 사람들은 소설을 놓지 못하기도 하고, 잡히지 않는 소설 속 인물의 온도를 사랑하기도 한다. 이것이 소설의 운명이다. 연약한 괴물 '리본'(?)의 운명이다.

아직 공개되지 않은 장성욱 소설가의 두 번째 단독 저서이자 첫 번째 장편 소설 『기억의 몫』(2024, 득수)을 읽는다. 여러 생각이 드는 소설이다. 그래서 무작정 이 소설에 관해 이야기하기보다는 그의 과거 인터뷰 및 문학론을 참조해 볼 생각이다. 물론, 사후적인 측면에서 그의 모든 것을 탐닉하는 것은 현실적으로 불가능하겠지만, 최소한 그가 걸어간 길에 대해서 짧게나마 언급해야겠다. 2년 전에 그는 『화해의 몸짓』(2022, 아시아)을 출간했다. 그의 첫 번째 단편소설 모음집이다. 특이한 것은 이 소설집에 수록된 작품 발표지면을 확인해 보면 미발표작을 포함해 2015~2018년 사이에 발표되었던 작품들이다. 2024년을 기준으로 본다면 10년 전 작품들이고 그가 습작하거나 소설가를 꿈꾸었던 시간까지 합쳐서 이야기한다면 그의 청년 시절과 유년 및 동시대를 품었던 여러 흔적이 모여 있음을 어렵지 않게 짐작할 수 있다. 나아가 동료들과 단편(『소방관을 부탁해』,(2022, 아시아)[2]을 묶어 긍정적인 메시지

---

2) "소방관들의 일과 삶을 담아보자는 기획으로 소설가 8인의 작품을 모았다. 가장 위험한 순간 누구보다 먼저 도착해 분투하는 소방관들에게 보내는 존경의 메시지이자, 평범한 일상을 살아가던 사람들에게 갑작스레 닥친 비극을 극복하고 애도하려는 기록이기도 하다." 교보문고 '책 소개'에 적힌 부분을 직접 인용하였다.

를 사회에 전달하기도 했고, "집에서는 글을 쓰지 못하는 탓에 작가 레지던스 프로그램을 통해 이곳저곳"[3] 돌아다니며 내가 이 글을 쓰는 순간에도 그는 이방인처럼 떠돌며 아이디어를 얻고, 이 아이디어로 소설에 쓸 소재를 축적하고 있을 것이다. 장 자끄 베넥스 감독의 오래전 영화 〈베티 블루 37.2〉(1988)의 조르그처럼, 고독한 밤(?)에는 조용한 공간에서 홀로 타자기를 두드리고 있을 것이다. 이처럼 나는 그의 첫 소설집과 그의 과거를 다시 읽고 몽상하면서 그가 어떤 세상을 그리려고 했는지 유쾌하게 상상하고 있었다. 그러다 운 좋게도 최근에 장성욱 소설가가 자신의 문학론이라는 주제로 짧은 에세이를 발표했다는 사실을 알게 되었다. 그래서 몽상하는 것을 잠시 멈추고 곧 출간하게 될 『기억의 못』에 어떤 흔적을 묻혀 놓았는지 호기심에 읽어나가기 시작했다. 그 글은 바로 장성욱, 「쪽팔려도 나는 자란다」[4]였다. 무슨 이유로 제목에 '쪽팔리다'라는 동사를 사용했는지 모르겠으나, 아무리 밟아도 밟히지 않는 '풀'처럼, 자신의 길을 걸어가겠다는 각오가 담겨 있었다. 그

---

3) 장성욱, 「작가의 말」, 『화해의 몸짓』, 아시아, 2022, 260쪽.
4) 장성욱, 「쪽팔려도 나는 자란다」, 『내일을 여는 작가』 통권 876호, 한국작가회의, 2024, 10~12쪽.

는 이 글에서 『기억의 몫』에 대해 이렇게 적고 있다. "요즘은 올해 10월에 나올 예정인 장편을 퇴고하고 있다"는 것, "이 소설 안에서 현재 내 능력으로 할 수 있는 일은 모두 했다"는 것, "첫 장편" 소설이라는 것, "어리석게도 나는 평생 장편을 쓸 일은 없을 거라는 생각"을 했다는 것, 그 이유는 "소설을 쓸 때 구체적인 계획을 세우며 쓰지도 않고, 변덕이 심해 다분히 즉흥적인 부분이 많기 때문"이라는 것이다. 우선, 여기까지 읽고 작가의 '의도' [5]를 생각하게 된다. 그는 스스로 왜 장편을 쓰지 못한다고 생각했을까. 소설 창작을 할 때, 무슨 이유로 구체적인 계획을 세우지 않는다고 말했을까. 여기서 '않는다'라는 단어는 앞서 인용된 '어리석다'와 어울리고, 이 단어로 그는 자신의 미래를 응시하고 있다. 그런데 이 믿음은 오늘부터 깨진다.

과거에는 그렇게 생각했지만, 지금은 장편소설 출간으로 인해 과거의 믿음이 흔들리기 시작한 것이다. 즉, 치밀한 '논리'와 '계획'을 통한 이야기도 앞으로 쓸 수 있다고 첫 장

---

5) "비평가가 작품의 의도를 따진다는 것은 작품을 의도로 환원하기 위함이 아니다. 의도와 해석의 지평선 사이에서 긴장을 유지하기 위함이다."(황현산, 『내가 모르는 것이 차 많다』, 난다, 2019, 350쪽.)

편소설을 출간하면서 무의식적으로 독자들에게 이야기한 것이다. 그런데 장편에 대한 뒷걸음질은 장성욱 소설가의 문학론에만 담겨 있는 내용이 아니다. 첫 소설집을 대상으로 한 yse24 인터뷰[6]에서도 '논리'와 대척점을 이루며 미끄러지는 발언을 확인할 수 있다. 물론, 그가 논리적으로 글을 쓰지 않는다는 것은 아닐 것이다. 소설의 세계는 어떤 방식이든지 자신만의 방식으로 독자를 '설득'해야 할 의무가 있기 때문이다. 그래서 그의 창작행위가 논리와 어긋났다기 보다는 자신에게 온 '이야기'를 '어떻게' 풀어낼지 표현하는 방법이 달랐다고 보는 것이 맞다. 자신의 이야기를 '어떻게' 풀어내느냐에 있어서 장편보다는 '단편'이 더 적합하다고 결론을 내린 것이다. 무엇보다도 그것이 그가 써온 취향의 영역에서 자신의 색이라는 생각이 든다. 최근에 어떤 잡지에서 이런 글을 읽은 적이 있다. 이 잡지의 편집자는 북한 양강도 혜산 출신인 도명학 소설가에게 장편을 연재 받고 있었고, 그는 이 과정에서 단편 작가로서의 성취

---

6) "막상 소설을 쓸 때는 이런 문제들에 대해 구체적으로 생각하고 쓰는 편은 아니에요. 마침표를 찍고 나서야 사후적으로 '아, 이건 이런 이야기구나' 생각할 뿐이죠. 제가 고민하는 건 어떻게 하면 나에게 온 이야기들을 가장 효과적으로 소설이라는 틀을 통해 전달할 수 있을가에 대해서죠" yes25 장성욱 소설 인터뷰, 「장성욱 "한국 문단 안에서 작가로 살아가는 이야기를 쓰고 싶어요"」, 2022. 6. 7.

를 장편에서도 기대할 수 있을지 걱정된다는 목소리[7]를 남겼던 것이다. 이 목소리에는 단편을 주로 쓰는 소설가와 장편을 쓰는 소설가가 다르다는 것을 말해줌과 동시에 성취의 영역에서도 '차이'가 발생할 수밖에 없다는 것일테다. 시로 따지자면 은유의 세계관으로 시를 썼던 사람이 한 순간에 은유의 세계관을 버리고 환유의 세계관으로 확장하는 것이다. 그래서 장성욱 소설가의 이런 목소리는 두 가지 지점을 독자들에게 선사한다. 첫째는 기존과는 다른 방식으로 모험을 했다는 것이다. 물론, 이 모험은 지난 자신의 표정 모두를 지우는 행위는 아니었을 것이다. 습관의 영역에서 해왔던 문법을 잠시 멈추고 모험을 시도했다고 보는 것이 옳다. 다른 하나는 그가 오랜 시간 써왔던 단편과는 어떤 '차이'와 공통점이 존재하는지 떠올려보는 것은 이 소설을 흥미롭게 읽는 하나의 방법이 될 수 있다는 것이다. 나는 또 다시 여기까지 쓰고 그의 「쪽팔려도 나는 자란다」를 읽는다.

그다음 맥락에서는 자신이 쓴 장편에 대해 '명명'하는 구

---

7) "도명학 작가가 경우 연재 3회 원고를 보내오기는 했다. 앞으로가 큰일이라고는 생각이다. 과연 이어갈 수 있을까? 단편작가로서의 성취를 장편에서는 보여줄 수 없다는 말인가?" 방민호, 「편집후기」, 『맥』 6호, 2024, 389쪽.

절이 확인된다. "삼 년 정도" 고치고 수정했을 뿐만 아니라 "두 번을 아예 처음부터 다시" 쓰는 과정을 거쳐 완성되었다는 것이다. 나아가 애정 섞인 장편 『기억의 몫』이 "초등학교 졸업앨범 같은 소설"이라는 것이다. 이것은 무슨 의미일까? 덧붙여서 이 소설을 볼 때마다 부끄럽고 민망하고 미안하다는 것이다. "내 졸업앨범을 책으로 내겠다니 제정신인가."라며 스스로도 의아해하고 있는 것은 책의 궁금증을 가중시킨다. 그렇다면 역으로 장성욱 소설가가 자신의 졸업앨범 같다고 명명한 이 소설의 정체에 대해 몽상해 본다. 소설을 읽지 않은 독자들은 '졸업앨범'이라는 말에 작가의 유년이나 사춘기 혹은 학창 시절이 내포되어 있다고 생각할 수 있고, 그렇지 않다면 '졸업앨범'이 기억(추억)을 상기한다는 점에서 특별한 흔적이 소설에 묻어 있다고 짐작할 수 있다. 이것도 아니라면 사후적으로 그가 할 수 있는 것을 앨범처럼 나열(실험)했다고 볼 수 있다. 무엇보다도 은유는 자신의 살결이자 피부라는 점에서 자신의 작품을 '졸업앨범'이라고 명명한 부분이 독특하다. 은유는 자신의 살결이자 피부이기 때문이다. 게다가 그는 스스로 "쓰고 싶은 이야기가 생기면 그냥 쓰는 나 같은 얼치기"라고 반어적으로 표현했지만, 이것도 저것도 아닌 '얼치기'만이 쓸 수 있는 소설이 분명히 있다고 생각한다. 그리고 이런 얼치기가 없다면 오히려 소설 문단은 참 형편없는 것이기도 하겠다. 사람 사는 풍경도 마찬가지다. 35층 건물에서 바라본 풍경이 녹색과 푸른색과 알록달록한 지붕이 어울릴 때 아름다운 것이지 밖의 풍경이 획일적이라면 그것만큼 답답하고 숨 막히는 공간은 없다.

소설가는 2018년 『대산문화』 겨울호에 발표한 「네가 웃어야」를 두고 "그때의 기억과 감정들이 반영된 소설"[8]이라고 적고 있다. 이 소설에 대한 인터뷰는 "부끄럽지만, 개인적으로는 이 소설집 속에서 「네가 웃어야」라는 소설을 좋아해요. 우리는 이런저런 매체를 통해 '미담'이라는 걸 흔하게 접하죠.…(중략)…그런 걸 접하고 나면 마음이 충만해지죠. 세상이 살만한 곳처럼 느껴지고. 그런데 과연 그게 전부일까, 궁금했던 것 같아요."[9] 라고 답변했다. 전자에서 중요한 것은 '그때'이고 후자에서 중요한 것은 겉으로 보이는 것

---

8) 장성욱, 위의 글 「작가의 말」, 259쪽.
9) 장성욱, 위의 Yes 24 인터뷰.

(미담)이 그렇지 않을 수 있다는 것이다. 소설가는 이 두 흔적을 동일한 작품에 쏟고 있다. 그렇다면 역으로 이런 몽상도 가능하다. 소설가는 '그때'에 자신이 간접적으로 경험하거나 느꼈던 흔적을 된장처럼 오랜 시간 묵혀 두었다가 이야기꾼이 되어 소설을 썼고, 그 소설의 내용은 인간과 사회의 양면성을 담은 풍경이라는 것이다. 그리고 그는 이런 류의 이야기를 좋아한다는 점이다. 다시 말해, 겉으로 보이지 않는 진짜 모습을 자신의 스타일(익살스럽고 억척스러운 과장된 풍자)로 이야기하는 것을 장성욱 소설가는 단편의 형식으로 이야기했다는 것이고, 징후적인 맥락에서 웃는 얼굴 속에 숨겨진 구겨진 표정을 단편을 통해 창작했다는 것일 테다. 하지만 이 표정은 안쓰럽거나 안타까운 것이 아니다. 괴롭히고 싶은 마음으로 인해 짓이기고 싶다.

나는 장성욱 소설가의 단편을 통해 소설의 미래를 응시했다. 조금은 불친절하게 설명한 것 같아 독자들에게 이 소설의 줄거리를 짧게 요약해 본다. 주인공 서동욱은 오토바이를 타다가 차에 깔려 부상을 입는다. 주변 사람들은 달려와 그를 돕게 되고, 이 풍경은 수많은 사람들에게 영상으로 공유된다. 시간이 흘러 서동욱을 도왔던 사람들은 좋은 사람으로 인식된다. 그러나 이야기는 여기서 끝나지 않는다. 사람들이 서동욱을 있는 그대로 대하지 못하는 데에서 발생한다. 장애인이라는 이유로 과잉된 '연민'과 '동정'을 쏟아낸다. 연민과 동정은 스피노자의 『윤리학』에서 다뤄졌던 아주 독특한 감정으로 자신보다 낮은 존재에게 발생하는 섬뜩한 정서이다. 그러니까 연민은 긍정적인 측면을 가지고 있는 감정인 데 반해, 잘못하면 폭력적으로도 돌변할 수 있는 것이다. 소설가 장성욱은 이 순간을 놓치지 않고 자신의 작품에 녹여낸다. 녹여내는 과정에서 자신이 무슨 일을 하고 있는지조차 알지 못하는 인간의 본성에 대해 이야기한다. 그리고 이런 '순간'을 자신의 창작 방법에 성실히 끌어온다. 그래서 단편에 등장하는 인물이나 상황은 하나같이 틈을 안고 있다. 이런 틈이 소설을 이끌어가는 힘이자 소설가가 애써서 기록하려는 하나의 풍경이다. 다른 방식으로 말하자면 우리가 보는 것이 전부가 아니라는 것을 독자들에게 강박적으로 이야기하고 있는 것이다. 여기서 강박은 창작자의 '의도'이자 이 세상에 전하려고 힘없는 소설가의 읊조림이다. 그런 이유에서 그런지는 모르겠지만, 그의 작품에서는 두 얼굴을 지닌 과잉된 인물이 종종 등장한다. 테오리아에서 2018년에 발표한 「꽃을 보면 멈추자」에 등장하는 옛 애인이 그렇기도 하거니와 오늘 우리가 함께 읽고 있는 장성욱 소설가의 신작 장편소설 『기억의 못』에 등장하는 '리본(본명:박신용)'이라는 인물이 그렇다.

이 소설에서 등장하는 주요 인물은 임영빈과 박신용이다. 이 인물은 가해자와 피해자 사이이다. 정확히 말해 중학생 시설 친구들은 박신용을 괴롭혔고, 그중에 임영빈도 속해 있었다. 이 소설이 끝날 때까지 두 인물은 '피해자'와 '가해자'라는 대립 구도를 유지하는 것이 아닌, 팽팽하게 '교차'하며 흘러간다. 따라서 독자들은 이 긴장 속에 숨겨진 작가의 의도와 소설의 의도를 다양한 측면에서 상상할 수 있다. 우리는 가해자와 피해자의 관계에 대해 생각할 때, 상식적으로 '죄'에 대해 생각하게 된다. 인간은 누구나 죄를 짓고 살 수밖에 없다는 점에서 '죄'와 '벌'에 대해 생각할 때 예민해지기도 하고 개울물에 비친 자신의 모습이 부끄러워 죽음에 이르기도 한다. 요즘 이야기꾼들은 시로야

기 슈고의 『내 딸이 왕따 가해자입니다』(빈페이지, 2024)
처럼 피해자의 입장만을 옹호하지도 않는다. 가해자의 내
면을 섬세하게 그린다. 성폭행 문제를 다룬 임선애 감독의
영화 〈69세〉(2020)에서는 약자 중에 약자인 노인 여성 피
해자의 이야기를 풀어내 피해자의 층을 개별적으로 셈한
다. 최근에 어느 한 시인의 시집에서는 특정 시인의 사후
미투로 인해 그의 이름으로 제정된 문학상마저 사라졌으
니, '가해자'와 '피해자'에 대한 이야기를 다루는 것은 현실
과 텍스트를 넘어 빈번히 일어나는 일이다. 나아가 소설가
김봉곤의 '오토픽션', 정지돈의 '재현의 윤리', 유명 유튜버
곽튜브의 학교 폭력 가해자 감싸기 논란, 동시대에 일어나
는 섬뜩한 사건 사고와 같은 것도 이런 자장에서 함께 이야
기될 수 있다. 무엇보다도 자신이 지은 죄로 인해 평생을
가슴에 품고 고통스러워하는 사람이 있는 반면에, 누군가
는 자신이 죄를 지었음에도 불구하고 그것이 '죄'인지 조차
모르고 살아가는 사람들도 많다. 그러니 가해자와 피해자
의 문제는 시간과 장소를 뛰어넘어 사람이 살아가는 곳에
서 일어날 수밖에 없는 매우 복잡한 형태의 이야기이다.

장성욱 소설가는 이런 주제를 자신의 첫 장편소설에서 선택했다. 앞에서도 이야기했지만, 세상을 있는 그대로 보지 않고자 하는 소설가의 시선으로 인해 『기억의 몫』 역시 '피해자'와 '가해자'의 문제가 단순하게 진행되지 않는다. 이는 임영빈과 박선용 두 인물 사이에만 적용되는 문제도 아니다. 피해자 옆에 있거나 가해자 옆에 있는 사람들의 입장도 가해자나 피해자가 어떤 선택을 하느냐에 따라서 크게 달라진다는 점에서 가해자나 피해자 편에선 여러 인물의 진짜 모습을 헤아리는 것도 이 소설의 관전 포인트이다. 생각해 보라. 곁에 있는 사람이 말도 안 되는 부조리를 저지른 가해자라고 한다면 당신은 어떻게 하겠는가. 나아가 이 사실이 방송이나 SNS를 통해 알려진다면 당신은 그를 사랑할 수 있겠는가. 사랑은 아니더라도 예전처럼 그와 함께 편안한 시간을 보낼 수 있겠는가. 쉽지 않을 것이다. 적어도 당신이 '도덕'이나 '윤리'에 민감하거나 정직하게 자신의 예술을 하는 사람이라면 그와 지내는 것이 쉽지 않을 것이다. 여기서 쉽지 않다는 말은 죄를 묻는 행위이기도 한데, 오랜 시간 자신과 함께 지낸 사람에게 '죄'를 묻는다는 것이 어디 쉽겠는가. "너희 중에 누구든지 죄 없는 사람이 먼저 저 여자에게 돌을 던져라"라고 했을 때, 당신은 힘껏 돌을 던질 수 있겠는가. 이 쉽지 않음을 장성욱 소설가는 박신용과 주변 인물을 통해 이야기하려고 한다. 물론, 소설가는 피해자 뒤에 숨겨진 폭력성을 응시하는 과정에서 앞선 스토리를 모두 뒤엎기도 한다. 소설가 개인의 입장이 들어갔든, 들어가지 않았든 그는 이 어려운 주제에 대해서 '어떻게' 표현해야 할지 고민했을 것이고, 독자들 역시 소설가의 이런 고민을 단순한 재미로 넘길 것이 아니라 천천히 느리게 사유하고 고민하는 과정에서 장성욱의 방식이 아닌, 자신만의 대안을 내놓는 것도 그의 소설을 다양한 측면에서 즐길 수 있는 하나의 방법이다. 스포를 하는 것은 예의가 아니지만 장성욱이 사랑(?)한 한 괴물(인물)에 대해서 조금만 더 적어보자.

박신용은 "말초적이거나 자극적인 방송을 지양"하는 사람이다. "인터넷 방송 진행자로 전업한 프로게이머"이다. 그는 어느 날 방송에서 "중학생 시절 당한 악의적인 괴롭힘 때문에 학교를 자퇴"했다고 고백한다. 오스카 와일드는 "인류는 루소가 신부가 아니라 세상에 죄를 고백했기 때문에 그를 영원히 사랑할 거야"[10]라고 말했었다. 그러니까 여기서 중요한 것은 '고백'이다. 자신이 지은 '죄'를 고백했기 때문에 사람들의 귀가 열렸다는 것이다. 자신이 지은 죄 이건, 누군가로부터 자신이 겪은 부조리나 불합리이건 고백할 수 없는 것을 고백하는 것은 많은 용기가 필요하기 때문에, 사람들은 용기 있는 고백에 응원을 보내는 것일 테다. 물론, 이 고백의 진정성을 물을 수 있겠지만 일반적으로 고백에는 귀를 기울이는 것이 인간의 본성이라고 오스카와일드는 지적한다. 그런데 여기까지 말하면 고백의 한 방향만을 이야기하는 것이다. 그러니까 고백까지는 좋았지만, 우리는 고백 이후를 잊어버리곤 한다. 피해자로부터 가슴 아픈 이야기를 듣는 것은 인간의 심리이지만, 그 이후에 '피해자'는 어떤 사람인지에 대해서도 생각해 보자는 것이다. 이것은 아마도 이분법적으로 나눠지는 '피해자'와 '가해자' 구도에서 확인할 수 있는 여러 '틈' 중에 하나일 것이다. 소설가는 이 틈을 자신의 언어로 문을 열어 놓는다.

같은 반 여학생을 집단 성폭행해 자살에 이르기까지 한

---

10) 오스카 와일드, 「아무것도 하지 않는 것의 중요함」, 『예술가로서의 비평가』, 강정이 옮김, 2020, 18쪽.

손자를 벌주기로 마음먹은 미자의 이야기(이는 시인의 작가 탄생 서사이기도 하다)를 다룬 이창동 감독의 영화 〈시〉(2010)처럼 '벌'과 '죄'에 대한 이야기가 피해자 입장에 무게 중심이 실린 채 서술되는 것이 아니라, 피해자가 그 누구보다도 악독한 '가해자'로 돌변하는 과정을 다루고 있는 것이다. 박신용은 자신의 인터넷 방송 편집자인 민우의 제안을 받아들여 이 과정을 충실히 이행하는 인물인 것이다. "소위 순한 맛 방송을 추구하는 인터넷 방송인들이 가진 딜레마"를 벗어나기 위해, "기존에 잡히지 않던 새로운 유입을" 만들기 위해, "이쪽 플랫폼에 아예 관심이 없었던 사람들을 끌어" 오기 위해 "이미 너무 오래전 일이었고, 제대로 된 증거 같은" 것은 없는 상태에서 중학생 시절 가해자인 임영빈을 이용해 자신의 구독자를 늘린다는 것일 테다. 그런데 여기서 중요한 것은 소설가가 '유명인'을 캐릭터'화' 해 이야기한다는 데 있다. 나아가 작품속 인물이 '유명인'으로 비유된다는 점에서 특정 담론을 만들거나 이야기할 수 있는 소속 집단에 속해 있는 인물로 확대해 감상할 수 있다. 문단으로 이야기하자면 힘 있는 특정 잡지로 목소리를 내는 부류일 수 있고, 개인으로 이야기하자면 인맥이 넓은 사람이 그렇지 않은 사람을 바보로 만드는 경우가 있을 수 있고, 다양한 매체에서 흘러나오는 소음을 아무런 비판없이 수용해 버리는 아쉬운 독자를 향한 비판일 수 있다. 박신용이라는 인물은 이처럼 괴기하다. 그리고 이 괴기함은 과인된 형태를 횡단해 현실을 겨냥한다. 이 소설에서 가해자를 향한 피해자의 폭력 행위를 이야기하는 과정에서 "그야 돈 때문이죠"라는 구절도 확인할 수 있는데, 이 대목 또한 단지 '돈'에 맹목적으로 매달리는 인물로 재단하기보다는 자신이 갈망하고자 하는 '욕망'을 위해 불필요한 길을 만드는 사람을 생각해 볼 수 있다. 이때 '가해자'와 '피해자'는 교차하며 닮아간다. 물론, 그는 이런 이유'만'으로 지독한 가해자가 되지는 않는다. 늪처럼 서서히 감정을 키워간다. 이 과정에서 그는 아래의 문장을 증명하기 위해 자신의 의도와는 무관하게 '괴물'이 되어 간다.

중요한 건 사실이냐, 아니냐가 아니야.
그런 건 얼마든지 만들어 낼 수 있어.

어쩌면 진리라는 것도, 진정성이라는 것도, 사랑이라는 것도, 신념이라는 것도, 믿음이라는 것도 모두 사후적으로 만들어 낼 수 있는(만들어지는) 것인지 모른다. 이런 종류의 물질들은 발견되지 않고 오로지 발명될 뿐이다. 동시대에 만들어지는 수많은 개념 역시 이와 다르지 않다. 특정 개념에 매달리는 사람 역시 마찬가지다. 분명히 허상이지만 진실로 둔갑해 단단한 현실을 허물어트린다. 우리는 그런 공간에 살고 있다. 과거에도 그렇지만 여전히 복잡하게 얽혀있는 팔레스타인과 이스라엘의 관계를 다룬 조 사코(Joe Sacco)의 책 『팔레스타인』에 수록된 「경의를 표하며」라는 글에서 이스라엘이 팔레스타인에 보내는 시선을 두고 에드워드 사이드는 "우리는 뉴욕이나 런던의 몇몇 사람들이 표현하는 팔레스타인의 이미지에 좌지우지 되고 있다."[11]고 말했다. 즉, 목소리를 유리하게 만들어 낼 수 있는 집단이나 상황 또는 사람들로 인해 대중의 눈이 가려진다는 말일 테다. 장성욱 소설가는 이런 풍경을 '가해자'와 '피해자'라는 과장된 설정을 통해 이야기한다. 이것이 그만의 '어떻게'에 대한 고민일 것이다.

그는 어느 한 인터뷰에서 자신을 '코미디 작가'라고 생각

---

11) 에드워드 사이드, 「경의를 표하며」, 『팔레스타인』, 황규진 옮김, 글항아리, 2002, 7쪽.

한다고 말한 적이 있다. 범위를 좁히자면 '블랙코미디'라고 말이다. "잔혹함, 부조리, 자학, 절망, 죽음 같은 어두운 소재 및 정치적으로 올바르지 않은 소재를 과장하거나, 익살스럽게 풍자하는 유머를" 즐긴다는 것이다. 이런 부류의 소설가는 매사 진지하지 않아서 현실을 더 자세히 볼 수 있고, 이 방식이 그의 진지함이기도 하다. 이처럼 그의 첫 번째 장편 작업 또한 가해자와 피해자가 등장하는 어두운 소재를 통해 이 사회를 자신만의 방식으로 풍자하고 있는 것이다. 거짓된 소문으로 무엇인가를 만들고자 하는 사람들, 자신의 추한 표정을 숨기기 위해 남몰래 소문을 키워나가는 잔인한 사람들, 거짓된 담론을 만들고자 하는 사람들, 그런 언어와 신념과 표정을 아무런 의심 없이 맹목적으로 믿는 어리석은 독자들이, 이 소설을 보며 무슨 상상을 펼치게 될까. 그 지점이 경각심이자 부끄러움이라면 이 이야기는 어느 정도 성공한 것이라고 볼 수 있다. 당신의 코미디(?)가 조커의 우울과 웃음을 닮아가기 바란다.

『기억의 몫』을 쓰기 시작한 건 내 첫 소설집이 나오기 전
이었다는 얘기로 시작해 어리광을 잔뜩 부리는 작가의 말
을 써야겠다고 결심했는데 부질없게 느껴졌다. 그럼 무얼
써야 할까. 내가 존경하는 작가들처럼 아예 쓰지 않거나
스웩 넘치는 문장 한두 개만 쓰고 싶은데, 그럴 깡이 없다.
이번 생은 글렀어. 이럴 때는 내세가 있는 종교에 귀의하
고 싶어진다. 하지만 그런 생각으로 귀의하면 천벌 확정이
니 유물론자로 머물도록 하자.

사특한 마음을 가다듬고 이 책을 읽은 분들(앞에 계시다
면 절을 하고 싶을 정도로 감사해요)이 작가의 말에서 무얼
원할까 생각해보았다. 그런데 돌이켜보니 내 예측은 한 번
도 맞은 적이 없다. 그럼 반대로 독자들이 원하지 않을 무
언가를 써야 하나. 그건 작가라고 할 수 없지 않나. 애초에

작가란 뭘까. 작가의 말을 쓰려면 그것부터 알아야 하잖아. 나는 나 스스로 작가라고 생각할 때는 좋지만, 사람들로부터 불릴 때는 부끄럽다. 성이 장씨라서 장작가라고 불리면 나무꾼의 점잖은 표현인가 생각하며 속으로 실실 웃는다. 진심 글러 먹었네. 그런데 장작을 패는 나무꾼과 글을 쓰는 작가는 본질적으로 같은 게 아닐까.

아니다, 이런 자학은 하지 말자.

방금 선배에게 작가의 말은 어떻게 쓰냐고 물었더니 그냥 쓰고 싶은 말을 쓰면 된다고 하셨다. 여행 가고 싶다! 드론 사고 싶다! 이 정도를 말한 건 아니시겠지. 내가 쓰고 싶은 건 말이 아니고 대개는 소설이다. 가난한 부분만 제외하면 이 일을 좋아한다. 서글픈 인정욕구로 시작한 글쓰기지만, 대체로 행복했다고 기억한다. 가난하긴 더럽게 가난하지만, 내 능력 때문이니 어쩔 수 없지. 여건만 허락하면 앞으로도 소설을 쓸 예정이다.

작가가 되면서 나에게는 없던 역마살이 생겨났고, 이 소설은 특히 오랫동안 쓰였기에 많은 공간을 거쳤다. 서울의 연희 문학 창작촌, 횡성의 예버덩 문학의 집, 담양의 글을 낳는 집, 원주의 토지 문화관, 이곳이 아닌 나라들 심지어 후배의 집 뒷방까지. 마지막 교정과 작가의 말은 명동의 호텔 프린스와 울산 아트 스테이에서 마쳤다. 그 모든 친절 덕분에 나는 겨우 존재한다.

제가 많은 신세를 졌던 소설입니다.
잘 부탁드립니다, 부디.

득수 소설

기억의 몫

1판 1쇄   2024년 10월 27일

지은이   **장성욱**
펴낸이   **김 강**
편 집   **최미경**
디자인   **토탈인쇄 054.246.3056**
인쇄·제책   **아이앤피**
펴낸 곳   **도서출판 득수**
출판등록   2022년 4월 8일 제2022-000005호
주소   경북 포항시 북구 장량로 174번길 6-15 1층
전자우편   2022dsbook@naver.com
홈페이지   dsbook.modoo.at
ISBN   979-11-983924-9-7

값 17,000원

* 이 도서는 2024년 문화체육관광부의 '중소출판사 성장부문 제작 지원' 사업의 지원을 받아 제작되었습니다.